CW01510160

Franz-Olivier Giesbert

Mort d'un berger

Gallimard

Franz-Olivier Giesbert est né en 1949, à Wilmington, dans le Delaware, aux États-Unis, d'un père américain et d'une mère française. Il arrive en France à l'âge de trois ans. Après avoir collaboré à la page littéraire de *Paris-Normandie*, il entre au *Nouvel Observateur* en 1971. Successivement journaliste politique, grand reporter, correspondant à Washington, chef du service politique, il devient directeur de la rédaction de l'hebdomadaire à partir de 1985. En 1988, il est nommé directeur de la rédaction du *Figaro*. Depuis 2002, il est directeur du *Point*.

Il a publié plusieurs romans dont *L'affreux* (Grand Prix du roman de l'Académie française 1992), *La souille* (prix Interallié 1995), *Le sieur Dieu*, et des biographies : *François Mitterrand ou La tentation de l'histoire* (prix Aujourd'hui 1977), *Jacques Chirac* (1987), *Le président* (1990) et *François Mitterrand, une vie* (1996). *Mort d'un berger* a reçu le prix du Livre de montagne en Queyras.

CHAPITRE I

La fin du monde, ça sera quand le Soleil et la Terre se mélangeront pour former la même soupe lumineuse. Dans le Mercantour, au nord de la Provence, là où les Alpes commencent à fatiguer, c'est souvent la fin du monde. Surtout l'été.

Ce jour-là, par exemple. L'air ébouillantait tout. Les yeux, les bras, les jambes, mais aussi les poumons. C'est pourquoi il respirait à petites goulées, Marcel Parpaillon, en montant le sentier pentu qui menait à la bergerie, aux Hautes-Cougourdes.

Il avait l'air de rigoler, mais c'était le soleil qui l'aveuglait. Au-dedans de lui, la peur battait du tambour et même plusieurs tambours. Il marchait lentement, car il tenait à peine sur ses jambes. À cause de son âge, quatre-vingts ans bien sonnés, et d'un mauvais pressentiment, depuis les cris qui, quelques minutes auparavant, avaient crevé le ciel, du côté de la bergerie.

*

Arrivé aux Hautes-Cougourdes, il tomba en arrêt devant un homme étalé sur le dos, le long du chemin, la tête posée, comme un fait exprès, sur une grosse pierre blanche. La cinquantaine velue, des yeux de lapin écorché, une plaie au cou et puis le geste de rattraper la vie qui s'était enfuie de lui, par les oreilles, en même temps qu'un filet de sang luisant. Marcel Parpaillon resta un moment à le regarder, toujours avec l'air de rigoler, avant de s'agenouiller auprès de lui, en pleurant.

« Mon garçon, marmonna-t-il. Mon pauvre garçon. »

*

Son fils n'était jamais sorti du poème dans lequel sa vie l'avait encloué, depuis la petite enfance. Il semblait perdu, maintenant, perdu et stupéfait.

*

Un papillon bleu s'était posé sur son front mort. Le vieil homme commença à parler au papillon. Il causait toujours beaucoup aux bêtes. Aux ombles chevaliers, surtout, qu'il allait retrouver de temps en temps au lac d'Allos, après la pêche, certains jours de canicule.

Dans son genre, c'était une attraction, Marcel Parpaillon. Les ombles chevaliers venaient, de tous les coins du lac, l'écouter glouglouter en agitant les bras. Il leur disait des tas de choses qui ne peuvent pas s'écrire, parce qu'elles sont au-delà des mots.

Le papillon aussi aimait entendre causer Marcel Parpaillon : ses ailes battaient de plaisir, sous les caresses de son parlage. Mais, à travers lui, c'était à Patrick, son fils, que s'adressait le vieil homme. Les papillons sont les âmes ailées des morts. C'est pourquoi ils ont l'air si seuls, souvent. Celui-là fendait le cœur.

Quand le papillon s'envola, Marcel Parpaillon éclata en sanglots. S'il avait douté que la bestiole eût un rapport quelconque avec son fils, sa façon de voler l'en aurait convaincu : la même gaucherie.

Il avait toujours pensé que son fils ne valait pas tripette. Un pauvre diable qui, après trois divorces et pas d'enfant, était revenu vivre au pays, aux crochets du paternel. Mais c'était le portrait craché de sa femme, emportée par un cancer, une quarantaine d'années plus tôt.

Il embrassa son front, là où s'était posé le papillon.

*

Comme après la mort de sa femme, Marcel Parpaillon pleura tout le temps, les jours suivants. Des poussées de chagrin, qui le vidaient de l'intérieur. Ce n'était pas de la peine qui coulait sur son visage, mais de la vie, du jus de vie.

Il n'arrivait pas à se retenir. Ni devant les gendarmes ni devant le maire, un chef d'entreprise d'une trentaine d'années, perché sur des talonnettes, qui disait souvent, entre ses phrases, avec un coup de menton : « C'est indubitable. »

Un coq. Il proposa au vieil homme de lui envoyer une psychologue assermentée et tout, pour l'aider dans son travail de deuil. Car les deuils sont un travail, de nos jours. Il suffit de l'accomplir. Après, on est tranquille. Mais Marcel Parpaillon n'était pas un homme de notre temps. Survivre, pour lui, c'était déjà mourir un peu : la mort des autres le tuait toujours, plus ou moins.

*

Après la mort du fils, Marcel Parpaillon se retrancha du monde. C'est à peine s'il répondit aux questions des gendarmes qui tournèrent pendant quelques jours autour de son voisin, Jean-Guillaume Fuchs, un fonctionnaire à la retraite.

Un mauvais coucheur. Comme Titus, son beauceron, qui avait la détestable manie d'égorger les chiens de berger, quand ils s'aventuraient sur son territoire. Ils faisaient la paire tous les deux, et cherchaient souvent garouille au fils Parpaillon.

Quelques jours avant de mourir, Patrick Parpaillon était rentré à la ferme avec une morsure à la cheville.

« C'est Fuchs qu'a fait ça, avait-il dit au paternel. Titus a juste obéi aux ordres. »

Jean-Guillaume Fuchs ne supportait pas que les moutons et les chèvres des Parpaillon passent sur une bande de terrain qui lui appartenait, quand ils allaient à la montagne. Sous prétexte qu'ils saccageaient ses prés et ses plantations d'arbres, il exigeait qu'ils contournent ses terres.

Il avait intenté une action en justice pour faire respecter ses droits. C'était quelqu'un qui avait toujours plusieurs procès en cours, Jean-Guillaume Fuchs. Un homme très moderne. Mais les tribunaux se la coulent douce. On ne peut jamais compter sur eux. C'est pourquoi il lança son chien contre le fils Parpaillon, le jour de la morsure, quand le berger le nargua de nouveau, en traversant sa propriété, avec sa moutonnaille.

Marcel Parpaillon ne raconta pas l'histoire aux gendarmes. Il ne leur dit pas sa certitude qu'il s'agissait d'un crime. Ni les soupçons qu'il nourrissait à l'endroit de Fuchs et de son chien. Il était du genre à parler à tout le monde et à n'importe quoi, fût-ce un caillou, mais pas aux gendarmes.

Sa femme était d'accord, là-dessus : c'était une affaire personnelle. Il l'avait consultée. Il la consultait sur tout. La mort n'avait pas mis fin à leur vie commune. Elle habitait toujours dans sa tête. Le soir, après le dîner, il s'asseyait devant le feu ou la télé, et ils pouvaient bavasser des heures ensemble.

Ils avaient tant de choses à se dire qu'ils ne se laissaient pas interrompre l'un par l'autre. Leurs voix se chevauchaient, souvent, mais ils étaient contents. Parler suffisait à leur bonheur.

*

Avec ses moutons, Marcel Parpaillon avait beaucoup de mal à parler : c'était comme des prolongements de lui-même et on ne parle pas à ses prolongements. Sauf à son entre-deux, et encore, dans certains cas seulement.

Son troupeau faisait dans les deux mille têtes. Des têtes en l'air, autant vous dire. Comme nous autres, souvent, les moutons ne sont bons à penser qu'au repas en cours ou au prochain. À force de suivre leur ventre avant toute chose, ils se mettent en danger sur cette terre où tant de monde veut les bouffer. Les tiques, les puces, les myiases, les chiens errants ou le premier venu. Le peuple des moutons a toujours les barbares aux portes. Parfois, au cul. C'est pourquoi le vieil homme avait quelque chose de Moïse, choisi par le Tout-Puissant quand il l'aperçut, dans le désert, un agneau blessé dans les bras. La même figure de compassion. La même férocité aussi.

Mais il n'était plus sûr d'être à la hauteur, après la mort de son fils. Le lendemain, il avait embauché le garçon de peine que Patrick utilisait souvent, pour les coups de bourre, l'estive, la taille des onglons ou la tonte de printemps.

Il lui avait dit :

« Je compte sur toi, petitou. Je n'ai plus personne, maintenant. Quand je regarde derrière moi, y a plus qu'un grand trou noir. Je voudrais que tu sois ma lumière dans mon dos, pour m'aider à vivre encore un peu. »

Il ajouta qu'il aurait, en sus, le coucher et le manger. Le petitou ne répondit rien. C'était un Arabe de dix-sept ans et quelques. Visage d'angelot, cheveux bouclés, il était le cadet d'une famille de six enfants. On le surnommait Mohammed VI. Il collectionnait tout ce qui s'écrivait sur Las Vegas et pouvait passer des heures à écouter, sur son baladeur, *La Marche de Radetzky* ou l'hymne monégasque. Il ne se déplaçait jamais sans son écureuil à la patte coupée, une bête qu'il avait sauvée, quelques mois plus tôt, des crocs d'un chien et qui passait son temps dans sa musette ou sur son épaule, à narguer le monde, tête à claques.

Mohammed VI ne desserrait les dents que pour sourire, parfois, ou pour jouer de la flûte.

Un muet.

*

Malgré son handicap, Mohammed VI était très sociable. Le soir, après la soupe, il enfourchait son vélomoteur et se rendait au village, pour boire quelques coups avec ses copains.

Par la force des choses, il n'avait pas de conversation, ou très peu, juste avec les mains, mais il aimait la leur, comme ils aimaient parler, jusqu'à plus d'heure, sous ses regards qui débordaient d'amour.

Ils se connaissaient tous depuis l'école, et même encore avant.

Où que vous alliez, il y a toujours un idiot, un bouffigue et un binoclard. Franky était les trois en même temps.

Mourad, dit RTT, avait, lui, de considérables capacités intellectuelles, mais, comme beaucoup de gens, ne s'en servait jamais, faute de temps. Il était né avec un retard de sommeil qu'il cherchait, depuis, à rattraper, sans succès.

Rafic, enfin, était le chef. Vingt ans et des poussières, déjà une grosse voiture et un visage tordu comme un vieil olivier, quand le soleil a trop tapé dessus. Un combinard, mais avec des principes. Il portait trois alliances, parce qu'il avait eu trois amours. Il disait, avec l'autorité de l'expérience, que les amours ne s'effacent jamais.

Les chagrins ou les contrariétés non plus. C'est pourquoi il faut toujours se venger, dans la vie. Rafic n'y manquait jamais. Avec lui, on pouvait être sûr qu'un mot de travers ou un geste déplacé ne resterait pas impuni.

Un grand susceptible, tout gonflé de ressentiment. Tête brûlée, avec ça. Il avait juré de retrouver l'assassin du fils Parpaillon et de le tuer de ses propres mains.

*

L'église était bondée, pour l'enterrement, et les bancs gémissaient sous les fesses des fidèles qui n'arrêtaient pas de se lever et de se rasseoir, selon les injonctions du curé.

Dieu était partout. Dans le petit vent qui circulait entre les colonnes. Dans la lumière qui perçait les vitraux pour enluminer l'autel. Peut-être même dans les craquements des bancs.

Marcel Parpaillon resta agenouillé sur son prie-Dieu, comme pétrifié, avec l'œil affolé des sourds, jusqu'à la fin de l'office religieux. Il cilla à peine pendant le sermon de l'abbé Rikonovski, qui arracha les larmes sur plein de visages :

« Jésus nous demande de nous aimer les uns les autres. C'est bien joli, mais on a du mal, souvent. Quand on voit ce qu'on voit, c'est-à-dire toutes les horreurs dont l'homme est capable, on se dit qu'il y a une erreur quelque part. Certains disent que Dieu s'est emmêlé les pinceaux le jour où il a créé l'homme et qu'en plus, comme c'était en fin de semaine, il a bâclé le travail. Peut-être. Avec Patrick, en tout cas, il ne l'avait pas bâclé. C'était la bonté même. Je sais que ce mot-là n'est pas à la mode. Dans quelques années, on n'aura sans doute même plus le droit de le prononcer, mais enfin, il avait un grand cœur et tout le monde en a bien profité, par chez nous. Ce n'est pas Mme Blanc qui me contredira, elle qu'il emmenait chez son docteur, à Castellane, chaque fois qu'il le fallait. Ni M. Bizzozero dont il faisait le jardin, depuis ses ennuis de santé que l'on sait. Ni Rafic pour qui il a toujours été là. Ni plein d'autres, que je vois pleurer, sur leurs bancs. Alors, bien sûr, qui que ce soit qui l'ait tué, un assassin ou la fatalité, on n'a pas envie de pardonner. Eh bien, je vous le dis comme je le pense, mes bien chers frères, ce serait une faute, une grande faute, de ne pas pardonner. Il n'y a même que ça à faire pour lui rester fidèle… »

L'abbé Rikonovski avait la bouche très sèche et, parfois, elle s'immobilisait entre deux mots, comme prise au piège. C'est qu'il s'était encore bien arsouillé, après le petit déjeuner. Trois pastis, deux cognacs et Dieu sait quoi encore.

Malgré son regard mystique qui vous passait à travers, il n'en était pas moins homme, l'abbé Rikonovski : avec lui, le bonheur se trouvait toujours là où il n'était pas. Le Tout-Puissant aussi. Quand il était à l'église, il voulait être au café et au café, à l'église.

La plupart du temps, le curé avait l'air déchiré des gens qui vous font l'amour en pensant à quelqu'un d'autre. Mais, le dimanche, il se retrouvait : après l'office, il se beurrait au vin de messe. Avant aussi, pour être honnête.

Il exécrait son époque et tout ce que les humains ont inventé pour se relier les uns aux autres, parce qu'ils ne souffrent pas de rester seuls. Mais il ne broncha pas quand retentirent, vers la fin du sermon, les premières notes de la *Neuvième Symphonie* de Beethoven : elles provenaient de la poche intérieure du veston de Vincent Sauvagnolle. Un portable.

Le maire marmonna quelques phrases dans son téléphone avant de le remettre dans la poche de son veston. Mais il n'avait pas pris la peine de l'éteindre et le portable sonna de nouveau, quelques secondes plus tard, en même temps qu'un autre, puis un troisième.

Le curé poussa un gros soupir en dodelinant de la tête :

« Nous vivons des temps où l'on naît et meurt au milieu des sonneries. Y a plus de respect, ici-bas. Ni pour les morts, ni pour le Saint-Père, ni pour Notre Seigneur. C'est parce que nous avons mis plein de bruit entre le ciel et nous, que nous nous sentons si seuls, si petits, si fragiles. Écoutez le silence, mes bien chers frères, et vous verrez que vous aurez moins peur. »

Il demanda à l'assistance d'observer une minute de silence. On entendit Dieu respirer, et puis le vent aussi, mais c'était pareil. Le même souffle maternel et langoureux.

*

La tête donna plusieurs fois aux jambes l'ordre de se redresser avant que Marcel Parpaillon se lève, enfin, dans un bruit d'os, à la quatrième tentative. L'âge lui avait mis du mou partout. Dans le cerveau, les dents, les articulations. Il se sentait flotter, souvent, dans son sac de peau.

Quand l'abbé Rikonovski lui prit le bras pour l'amener bénir le cercueil, les yeux du vieil homme rougirent un peu et il se dit qu'il devrait aller plus souvent à l'église au lieu de s'y rendre seulement pour les mariages et les enterrements.

Sur le cercueil trônait une grosse couronne de roses rouges. Les roses de Juliette Benichou. Elle se tenait à quelques bancs de là, dans un ensemble violet. Une blonde aux yeux verts, avec la beauté des femmes qui négligent leur apparence, mais dont on ne peut s'empêcher de tomber tout de suite amoureux.

Une journaliste. Elle officiait sur une petite chaîne du câble. Les journalistes, en général, on dirait qu'ils se regardent tout le temps dans la glace, pleins de contentement narcissique, même quand ils vous parlent de génocide. Mais Juliette Benichou ne s'aimait pas assez.

Elle s'aimait même si peu qu'elle avait attrapé une espèce de chagrin métaphysique, quelques mois plus tôt. Une fatigue des jambes et de la tête. Pour soigner ça, elle avait pris une année sabbatique afin d'écrire un livre sur les bergers de Haute-Provence, qui, en matière de pouvoir, en connaissent un rayon. Elle voulait comprendre leur art, qui consiste à donner au troupeau l'impression qu'il est libre comme l'air, alors qu'ils en contrôlent le moindre geste. C'est dans le cadre de son enquête qu'elle avait fait la connaissance du fils Parpaillon.

Ils avaient beaucoup sympathisé.

Après la messe, Juliette Benichou se jeta dans le creux de l'épaule du vieil homme où elle laissa quelques larmes. Elle s'approcha ensuite du muet, les lèvres tremblantes. Elle le voyait pour la première fois mais l'embrassa quand même, avec effusion, les pupilles dilatées. Quelque chose ruisvela au-dedans d'elle, se répandit partout et gonfla sa poitrine. Un mélange de vent, de tiédeur et d'effroi.

L'amour.

*

Juliette Benichou sortait de l'église, les pupilles si dilatées qu'elle semblait au bord d'exploser, quand elle tomba sur Archibald Davenport. L'écrivain du canton. Un Américain qui n'arrêtait pas de fuir le monde. Il avait habité plusieurs années à Ménerbes, dans le Lubéron, avant de déménager du côté de Manosque, parce que c'était plus tranquille, pour se retrouver, enfin, dans une bergerie du Mercantour, loin de tout.

Il attirait les fâcheux, comme des mouches, parce qu'il envoyait toujours paître les médias. Ils n'avaient pas l'habitude et ça les excitait. Le refus de la lumière est encore la meilleure façon de se rendre célèbre ici-bas. Archibald Davenport était très célèbre, mais ne souffrait pas que ça se sache. C'est pourquoi il jetait souvent un œil par-dessus son épaule, comme s'il était pourchassé par une meute de journaleux et de photographes.

Il sourit en dévisageant Juliette Benichou :

« Je crois qu'on se connaît. »

Elle secoua la tête :

« Non, je ne crois pas.

— Vous ne me connaissez peut-être pas, mais moi, je vous connais très bien. »

Elle rougit et passa son chemin.

CHAPITRE II

Le lendemain matin, le muet décida que les agneaux resteraient à la bergerie pendant qu'il emmènerait le troupeau à paître là-haut, sur la montagne. Ils étaient adorables, avec leur sourire tout mousseux d'écume blanche et la petite langue rose qui dansait au milieu. Mais ils avaient du mal à suivre le troupeau, dans la journée. Ils retardaient la marche.

Le grand corps unique de la moutonnaille s'écoulait tranquillement le long du chemin quand, soudain, il s'arrêta. On aurait dit que les milliers de pattes du troupeau étaient aux ordres du même cerveau. Après ça, tous les museaux se levèrent de concert, et les oreilles mêmement, pour écouter des laitons qui pleurnichaient comme des bébés, à la bergerie. Ils réclamaient leur mère.

Le muet siffla les chiens et leur signifia d'un grand geste des bras qu'il fallait faire repartir la moutonnaille. Les chiens avaient beau aboyer ou leur mordiller les pattes, les brebis faisaient front.

Jusqu'à ce qu'elles se fâchent. Tout d'un coup, elles chargèrent et renversèrent le muet. Il se le tint pour dit et les emmena récupérer leurs laitons, à la bergerie.

Les moutons sont comme tout le monde : on peut à peu près tout leur faire, tant qu'on ne touche pas aux enfants.

*

Le même jour, le capitaine des gendarmes rendit visite au vieil homme pour lui raconter ce qui s'était passé. Il le lui raconta sur un ton affligé, comme s'il était lui-même très affecté par les conclusions de l'enquête.

Alors, voilà. Son fils était tombé, ce sont des choses qui arrivent, sur une grosse pierre d'une vingtaine de kilos, encastrée sur le chemin, que l'on n'avait donc pu, soit dit en passant, lui jeter à la figure. La culpabilité de cette pierre ne faisait aucun doute : elle était maculée de liquide céphalo-rachidien.

« Et la blessure au cou ? » demanda Marcel Parpaillon.

La gendarmerie avait fait procéder à des analyses qui révélaient la présence d'un corps étranger sur la blessure au cou. De la bave canine. Mais ça ne prouvait rien. Un chien pouvait avoir fait tomber la victime, en l'attaquant à la gorge. Il aurait pu, tout aussi bien, la mordre, après qu'il eut buté sur la pierre.

Avant de prendre congé du capitaine, Marcel Parpaillon avait observé, les yeux baissés :

« C'est sûrement la vérité. »

Mais il avait vécu trop longtemps pour ignorer que la vérité est un mensonge qui a réussi.

*

Après, les jours passèrent et se ressemblèrent. C'était tout le temps soleil, même la nuit, car il restait dans les têtes. À force, il avait fini par recouvrir le Mercantour d'un grand linceul chauffé à blanc.

Un matin, quand il arriva à la bergerie, Marcel Parpaillon roula de grands yeux stupéfaits, avec une expression d'horreur, et il lui fallut s'agripper à Mohammed VI pour ne pas tomber, avant de laisser choir son derrière sur une souche de pin.

Ses lèvres se mirent à trembler comme des feuilles, et il sanglota, mais sans pleurer, car il n'avait plus de larmes depuis la mort de son fils. Il resta un long moment, la bouche en O, tandis que Mohammed VI s'agitait, dans le parc à moutons.

C'était comme une forêt après la tempête du siècle. Des tas de brebis couchées les unes sur les autres. Dans un mouvement de panique, elles s'étaient jetées, par vagues, contre un muret de bois, pour y crever. La moitié du troupeau était morte ainsi de peur, de bêtise et d'étouffement.

Mohammed VI avait l'air affolé, tandis qu'il dégageait les survivantes qui émettaient le râle discret des grands blessés, sur les champs de bataille. Il était débordé, comme le Tout-Puissant, devant le malheur et la stupidité du monde.

« Ce qui me fait le plus de peine, finit par dire Marcel Parpaillon, c'est qu'il y en avait quand même beaucoup qui étaient pleines. »

Quand Mohammed VI eut retiré des monceaux de cadavres une trentaine de brebis vivantes, il revint s'asseoir à côté de son patron qui grogna :

« C'est le chien du voisin qui leur a fait peur. Je suis sûr que c'est lui. Salaud. »

Il cracha encore quelques insultes, puis :

« À partir de maintenant, on ne laissera plus les bêtes coucher dehors, dans leur parc. On les rentrera tous les soirs à la bergerie. »

Mohammed VI montra le ciel. Il était tout noir.

*

Il tombait des rivières du ciel quand les gendarmes arrivèrent. Comme après la mort du fils Parpaillon, ils se mirent à farfouiller partout, à la recherche d'indices. Mais ils n'en trouvèrent pas plus que de beurre au cul : la boue avait tout emporté au fond de la vallée.

Au bout d'une heure et quelques, le capitaine des gendarmes s'en vint trouver Marcel Parpaillon qui, à la bergerie des Hautes-Cougourdes, supervisait l'évacuation des cadavres par l'équarrisseur et Mohammed VI. La pluie leur donnait à tous la même expression ahurie, le même regard de noyé.

Le vieil homme ne sembla pas entendre quand le capitaine Durinteau lui dit que ça n'était la faute à personne, cette catastrophe, mais à une idée, une espèce de lubie, qui se serait emparée des moutons, des bêtes bien plus fantasques qu'il n'y paraît.

Quelques secondes s'écoulèrent, le temps que le cerveau de Marcel Parpaillon reçoive et traite les conclusions du capitaine, puis le vieux berger protesta :

« Mais les moutons n'ont pas d'idées !

— Ils ont peut-être pensé au sort qui les attendait.

— Non. Ils sont bien trop heureux pour ça.

— Pour moi, c'est un suicide collectif. Je ne vois pas d'autre explication. »

Quand le capitaine des gendarmes fut reparti, Marcel Parpaillon monta dans sa chambre, récupéra un fusil dissimulé sous les lattes du parquet, et l'astiqua jusqu'à la fin du film qui passait à la télévision, en causant en son for intérieur avec sa femme morte, sans toucher la soupe au pistou, préparée par Mohammed VI.

Il avait tout perdu, se dit-il. Même l'appétit.

*

Cette nuit-là, Marcel Parpaillon dormit très mal. Sous les draps, son vieux corps sec était tendu comme un arc. Il sursautait pour un rien, quand une chouette ululait ou que les chiens aboyaient, là-bas, à la bergerie des Hautes-Cougourdes, et ils aboyaient souvent.

Il ne se laissa dégringoler dans le sommeil que sur le coup de quatre heures du matin, après avoir entendu grincer les gonds de la porte d'entrée. C'était Mohammed VI qui allait à la bergerie où il termina sa nuit, dans le grenier à foin, comme il aimait : ça calma les chiens, que l'on n'entendit plus.

Le matin, Marcel Parpaillon but un bol et demi de café noir, se rasa de près, enfila une chemise propre et partit dans le soleil. Il n'avait pas la même démarche que d'habitude. Celle-là était plus assurée.

La chair de la montagne, encore gorgée d'eau, frémissait d'aise sous ses pas, en poussant de petits râles, tandis que les arbres et les herbes, tout luisants, n'en finissaient pas d'égoutter leur amour du monde, dans une odeur de stupre.

Le vieil homme était à peine entré dans la propriété du voisin que Titus, le beauceron, accourut pour lui aboyer à la figure, tous crocs dehors, avec le même regard stupide que son maître. Qui connaissait l'un, connaissait l'autre. Toujours en pétard contre le monde entier, ces deux-là. Marcel Parpaillon s'arrêta et attendit.

Jean-Guillaume Fuchs rappela son chien et approcha. C'était le genre qui descend tout le temps de son vélo pour se regarder pédaler. Un grand gaillard au teint hâlé, cinquante ans environ, divorcé, une légère calvitie, des dents toutes neuves, amateur de femmes, de vins, de cigares, d'ordre et de confort. Pour la retraite, il était revenu au pays, dans la propriété familiale. Ses parents, deux bergers, habitaient une bicoque minable. Il l'avait fait raser. À la place s'élevait maintenant une grosse villa cossue, franchement laide. Elle lui allait plutôt bien.

Il resta planté en travers du chemin, les bras croisés, Titus grondant à ses pieds, à attendre que le vieil homme ait fini de lui exposer ses soupçons. Puis il avança d'un pas et secoua la tête en levant les yeux au soleil, comme s'il avait affaire à un demeuré, avant de se mettre à lui gueuler dessus :

« Je ne vous permets pas ! C'est de la diffamation, que vous faites. Je vais porter plainte pour dénonciation calomnieuse, et vous allez en baver jusqu'à ce que je vous fasse tout ravaler, ducon, parce que je gagne toujours mes procès ! »

Le beauceron avait un alibi en béton. Le même que le jour de la mort du fils Parpaillon. À l'heure des faits, il se trouvait à la maison. D'abord, ils avaient regardé la télévision ensemble. C'était un chien qui aimait beaucoup la télévision. Les films d'action, surtout. Puis ils s'étaient couchés. Au pied du lit, son Titus avait très bien dormi, comme d'habitude, en ronflant juste un peu. Il n'était pas sorti de la nuit. Il ne sortait jamais la nuit.

Quand il rentra chez lui, le vieil homme retourna à son fusil, qu'il astiqua encore, avant d'aller à ses moutons. Il avait le visage mangé et le regard rongé.

*

Mohammed VI avait emmené les moutons paître sur un mamelon, à trois quarts d'heure de la bergerie. Leur grand corps unique ondulait sur la chair herbeuse, qu'ils grignotaient avec une sorte de conscience professionnelle, comme si on les payait pour ça.

Guidé par les aboiements des chiens et les clochettes du troupeau, Marcel Parpaillon avait retrouvé facilement son berger et s'était assis à côté de lui, sans rien dire, en hochant la tête de temps en temps, pour signifier son accablement devant le destin, tandis que la moutonnaille continuait de vivre sa vie, en se remplissant la panse.

Ils seraient bien restés comme ça jusqu'à la fin de la journée, immobiles sous le soleil, si l'un des chiens de berger, Trésor, le plus intrépide de la bande, ne s'était mis à aboyer de façon étrange devant une petite forêt de hêtres. Il criait sa colère et son épouvante avec tant de force que ça prenait aux tripes.

Quand ils s'approchèrent, le chien tenta de les repousser, en leur tournant autour, comme il faisait pour les moutons, avant de se coucher devant eux en gémissant.

Mohammed VI entra quand même dans les hêtres, mais n'y trouva que de l'ombre, du silence, et une odeur de feuille mouillée.

*

On aurait dit une grosse grippe. Juliette Benichou n'avait pas vu la chose venir. La maladie s'était insinuée en elle, quelques jours plus tôt, avant de se diffuser dans tout le corps, avec les symptômes habituels. Picotis, ballonnements, petits vertiges, flageolements dans les jambes et tout le tremblement.

C'était l'amour que l'on sait. Après avoir avalé trois verres de porto à la suite, ce qui ne lui était jamais arrivé, elle avait passé une grande partie de la journée couchée, les mains sur sa poitrine offerte, en songeant au muet qui avait posé sur elle un regard qui s'y trouvait encore. Il suffisait qu'elle ferme les paupières, pour revoir ce regard.

Elle les gardait donc closes la plupart du temps, en se noyant dedans, avec un sourire de sainte.

Quand le soir tomba, Juliette Benichou se leva, se refit une beauté, sortit et prit le chemin du village, le cœur battant.

*

Jusqu'alors, chaque fois que Rafic demandait à Mohammed VI sur qui portaient ses soupçons, pour l'assassinat du fils Parpaillon, il n'obtenait que des borborygmes et des haussements d'épaules. Ce soir-là, quand il lui posa la question, le berger sortit un feutre et du papier de la poche de son blouson, puis dessina une bête avec des grandes dents et des oreilles pointues.

« On dirait un mouton, observa Rafic, rigolant. Mais un mouton, c'est comme un chien. Y a que les dents qui changent. »

Mohammed VI opina, un sourire souffrant aux lèvres. Avec Rafic, il valait toujours mieux opiner.

« Mais admettons que ça soit un chien, reprit Rafic. Je ne vois pas en quoi cette information peut nous servir si on ne sait pas à qui qu'il est, le chien. »

Le berger mit à profit le silence d'approbation qui suivit pour dessiner une tête. Ni Rafic ni les copains ne la reconnurent, mais il est vrai que les franchcouilles, comme ils disaient, avaient presque toujours la même figure. Triste, blanche et molle.

« T'as qu'à nous montrer où c'est qu'il crèche, dit Rafic, et on va lui faire la fête, à ton clébard. »

Les quatre copains payèrent leurs bières. En sortant du café, ils croisèrent Juliette Benichou. Elle marchait très vite, la tête rentrée dans les épaules, sans doute à cause de tout l'amour qui l'écrasait. Quand elle les aperçut, elle se ratatina même encore un peu plus sur elle-même, en roulant de gros yeux effrayés.

Ils montèrent tous les quatre dans la voiture de Rafic. Elle sentait la cocotte parce qu'il avait parfumé les sièges avec les essences préférées de la jeune fille qui venait de le larguer : rose, jasmin et patchouli, un drôle de mélange.

Rafic roulait très vite dans la direction indiquée par le muet, et la voiture était aussi silencieuse qu'une barque de pêche sur le lac d'Allos, les matins où le vent dort et où on glisse sur le monde comme sur du beurre, jouissance et puissance confondues.

À quelques centaines de mètres de la villa de Jean-Guillaume Fuchs, le muet fit signe d'arrêter la voiture. Après que Rafic se fut garé sur un chemin de traverse, ils descendirent de l'auto dans un état de grande agitation. C'était une nuit à bêteries, une nuit de pleine lune, éclairée par une lumière savonneuse qui réveillait les couleurs.

À peine avaient-ils fait quelques mètres qu'ils tombèrent sur Marcel Parpaillon qui sortait d'un taillis, le fusil à la main.

« Qu'est-ce que tu fiches là ? » demanda-t-il avec mauvaise humeur à Mohammed VI.

Le muet se mit à aboyer avant de mimer le sourire kabyle, avec le tranchant de sa main qui allait et venait sur la gorge, comme pour la couper.

« Si c'est pour le chien que vous êtes venus, grogna Marcel Parpaillon, faut laisser tomber. C'est mon affaire à moi et je vais m'en occuper personnellement. »

Ils s'en allèrent sans rien dire et, de retour au café, recommencèrent à boire des bières. L'alcool les emmena très loin, là où les nuits ne vont jamais, même quand la lune est pleine.

*

Quand Marcel Parpaillon rentra chez lui, au petit matin, ce n'était plus le même homme. Il se tenait bien droit sur ses deux jambes, avec un regard fier. Il ne sentait plus, comme avant, ses veines et ses veinules se tortiller dans sa cervelle. Il avait rajeuni d'au moins vingt ans.

C'était la haine. Rien ne réussit mieux à l'homme que la haine, celle du bien contre le mal, ou inversement, qui fait monter le sang à la tête. Malheur à ceux qui ne l'éprouvent jamais ; ils n'auront vécu qu'à moitié. C'est elle qui, souvent, donne la force de se dépasser soi-même, fût-ce contre un chien. Même s'il n'avait pas tué le beauceron du voisin, Marcel Parpaillon se disait qu'il n'était plus pareil, désormais. Il avait un but, dans la vie : abattre Titus. Il ne lui faudrait plus attendre de mourir pour se rendre compte qu'il avait vécu.

CHAPITRE III

Juliette Benichou avait marché pendant plus d'une heure, la veille au soir. Ça fait du bien, de marcher. Surtout quand on a peur de la peur qui monte en soi. Marcher pour ne pas souffrir. Rire pour ne pas mentir. Rêver pour ne pas dormir. Aimer pour ne pas mourir. Si l'on ne veut pas se faire rattraper par tout ce qui nous court après, il ne faut jamais s'arrêter, dans la vie.

Mais l'amour fatigue. Juliette Benichou s'allongea sur son lit et s'endormit tout habillée, sans avoir retiré ses sandales. Réveillée peu après trois heures du matin, elle se leva, enfila sa robe de chambre, puis, après un tour aux toilettes, se fit du café et en but deux grands bols avant de s'asseoir sur un fauteuil du salon, où elle réfléchit à la meilleure stratégie pour approcher l'aimé.

Elle réfléchit comme ça jusqu'au petit matin, les mains sur les accoudoirs, la tête en arrière sur le dossier, mais le visage tendu, à cause de toutes les questions qui la rongeaient, comme des poux.

*

Elle le tenait dans ses bras et le serrait contre ses lèvres. Sa tête se balançait de plaisir et ses grands yeux vibraient d'amour, un amour infini, tandis qu'elle grignotait le criquet.

Elle avait commencé par le crâne, comme d'habitude : c'était ce qu'elle préférait. À cause du jus dedans. Quand elle eut fini de boulotter, la mante religieuse essuya longuement contre sa tête ses bras crocheteux, comme des fourchettes, avant de repartir dans les herbes, avec son air hautain et sa démarche distinguée de dame du monde.

Mohammed VI l'aurait bien écrasée pour faire son petit Dieu vengeur, mais une jeune femme approchait, sur le chemin. Très dame du monde, elle aussi, dans sa robe blanche. Juliette Benichou.

Tout son corps palpitait sous le lin de sa robe, quand elle demanda au muet, après l'avoir salué :

« Je voudrais un agneau. »

Il ouvrit la bouche, comme s'il allait parler, mais aucun son n'en sortit.

« Oui, j'aimerais vous acheter un agneau »,
reprit-elle.

Il hocha la tête, en regardant les pieds de la
jeune femme dans leurs sandales. C'était la première fois que des pieds le rendaient tout chose.

« Un agneau préparé, découpé et tout, pré-
cisa-t-elle. Pourrais-je l'avoir aujourd'hui ? »

Il hocha de nouveau la tête, toujours sans lever
les yeux, avant de lui faire signe de le suivre.

Quand ils les virent descendre le chemin, en
direction de la ferme, les moutons, abandonnés
dans leur enclos, se mirent à émettre des bêlements de protestation, parfois véhéments, tandis
que leur grand corps unique opérait un interminable mouvement circulaire, comme un cortège
de manifestants enfermé dans un cul-de-sac.

En chemin, Juliette Benichou fit la conversation au muet, en changeant souvent de sujet,
comme si aucun ne lui convenait. Elle lui parla du
temps, de la télévision et de la Bourse, les trois
grands sujets de notre temps. Mohammed VI
n'arrêtait pas de hocher la tête, mais sans jamais
quitter des yeux les pieds de la jeune femme.

Marcel Parpaillon était au potager, en train de
repiquer des salades. Quand il vit arriver Juliette
Benichou, il essuya la terre de ses mains contre
son pantalon, et ouvrit ses bras où elle se pelo-

tonna, la tête dans le creux de son épaule, comme à l'église :

« Si jeune ! C'est tellement injuste ! »

Il ravala quelque chose, de la salive, ou bien une larme mal placée :

« C'est vrai. Il avait la vie devant lui, mon garçon. »

Après qu'elle lui eut dit l'objet de sa visite, Marcel Parpaillon demanda au muet d'aller, aux Hautes-Cougourdes, faire ce qu'il avait à faire.

Mohammed VI prit un seau et un couteau, puis retourna à la bergerie. Arrivé en haut, il ferma sa musette. Il ne fallait pas que l'écureuil voie ça.

*

Au Maroc, les grands-parents de Mohammed VI traitaient avec beaucoup d'égards les moutons qu'ils achetaient au marché, pour les manger. Ils les ramenaient à dos de mulet, pour ne pas les fatiguer, avant de les enduire d'un mélange d'huile et de miel.

Le muet portait toujours les moutons quand il les emmenait, pour les tuer. C'était la moindre des choses. Il se sentait en paix avec lui-même seulement quand ils s'abandonnaient dans ses bras ou

sur ses épaules avant de lui offrir leur chair pante-
lante. C'est pourquoi il les forçait toujours, s'il les
trouvait nerveux, à boire quelques gorgées de la
fiole d'armagnac qui ne le quittait jamais.

Quand le muet allongea l'agneau par terre, la
bête avait le regard qui partait au-delà de tout, et
ses dents cliquetaient légèrement, comme si elles
finissaient une broutée d'herbe. Après lui avoir
fait boire une bonne rasade, il prit ses deux oreilles
d'une main, pour lui tirer la tête, et, de l'autre, lui
enfonça le couteau dans le cou, tourna la pointe,
puis lui trancha la gorge.

Après un petit cri, comme un hoquet de surprise, l'agneau se contenta de se trémousser et de
geindre doucement. Une plainte, à peine percep-
tible, comme pour lui-même, qui montait du
fond du corps, tandis que ses pattes tremblotaient
et que faiblissait la lueur de ses yeux.

Il tressaillait, se calmait, tressaillait à nouveau,
jusqu'à ce qu'un grand frisson le secoue, et puis
plus rien. La vie avait fini de s'écouler. Il ne restait
d'elle qu'un peu d'écume sanglante que la terre
terminait de boire à petites lampées.

Le muet laissa passer quatre ou cinq minutes.
C'était le temps qu'il fallait pour que l'âme parte.
Sinon, elle s'incrustait et gâchait la viande. Après
ça, il retourna l'agneau sur le dos, le dépiauta et

lui ouvrit le ventre qui chuinta en lâchant une espèce de fumée tiède, en même temps qu'une odeur un peu sucrée qui le grisa, comme chaque fois. Il la respira un bon coup, tandis que sa main entrait dans les boyaux qu'elle fouilla lentement, avec la volupté de l'amour.

*

Quand le petitou redescendit des Hautes-Cougourdes, avec la carcasse de l'agneau, Juliette Benichou était toujours en train de parler avec Marcel Parpaillon. Il n'aurait pas été là, à repiquer ses salades, c'eût été pareil, sûrement. Il fallait qu'elle passe sur quelque chose, ou quelqu'un, son envie de s'épancher. Un moulin à paroles.

Elle poussa un cri de joie devant le pauvre corps de l'agneau, que Mohammed VI avait sorti, pour l'exhiber, du seau en plastique :

« Il est magnifique, absolument craquant. C'est exactement ce que je voulais… »

Marcel Parpaillon quitta ses salades, jeta un œil sur la bête, puis :

« Il n'a pas un mois.

— Le bon âge, dit Juliette Benichou. Il n'a pas encore été gâté par la vie. »

Les grands yeux verts de la jeune femme se promenèrent sur la carcasse laiteuse de l'agneau. Elle avait l'air très émue, comme on peut l'être devant un petit enfant blessé, mais, en même temps, ses chairs blanches lui mettaient l'eau à la bouche. Ça donnait faim, subitement, toute cette innocence.

« J'aimerais que vous veniez tous les deux le manger chez moi, reprit-elle. Êtes-vous libres ce soir ?

— Moi pas, répondit le vieil homme. J'ai beaucoup à faire en ce moment. Mais Mohammed, oui, je crois… »

Le muet fit celui qui n'avait pas entendu. Il repartait à la cuisine pour découper l'agneau quand Juliette Benichou reposa sa question.

Il se retourna, avec un grand sourire, et hocha le chef.

*

Les gouttes éclataient sur sa tête, puis empruntaient les rigoles de chair racornie entre ses sourcils et dégringolaient le long de sa figure, avant de se mélanger à la terre.

Le vieil homme aimait l'odeur un peu sucrée que répandaient les gouttes d'eau en explosant sur sa peau. L'odeur de sang du ciel que déchiraient, de temps en temps, à grand fracas, d'immenses épées lumineuses. Chaque fois qu'elles le transperçaient, la nuit protestait avec indignation jusque de l'autre côté de la terre, avant que ses blessures n'écoulent, ensuite, leur douleur.

Marcel Parpaillon s'était posté sur une petite colline qui surplombait le chemin qu'empruntait souvent Titus. Il se trouvait là depuis trois heures et quelques, à scruter l'encre de la nuit, quand l'orage avait éclaté. Il se leva, avec un bruit d'os, essuya l'eau, qui lui brouillait la vue, et prit la direction de la ferme.

Ce n'était pas un soir pour tuer Titus. Ce n'était même pas un soir à dormir tranquille, avec tous ces éclairs qui allumaient la nuit. Quand l'orage venait casser le ciel, le vieil homme n'allait pas se cacher à la cave, contrairement aux chiens ou à certaines personnes, mais enfin, il n'en menait jamais large.

En route, Marcel Parpaillon aperçut la voiture de Rafic. Elle était vide. Il hurla si fort que l'autre l'entendit, malgré l'orage, et accourut avec ses copains, Franky et RTT. Ils portaient des imperméables et tenaient des fusils dans leurs mains.

« Ne vous mêlez pas de ça, grogna Marcel Parpaillon. Je vous l'ai déjà dit, c'est mon histoire à moi tout seul. »

Ils le raccompagnèrent en voiture jusqu'à la ferme, mais il ne leur proposa pas de boire un coup avec lui, pour les remercier. Il était trop pressé de retrouver sa femme morte, dans sa tête.

*

Juliette Benichou parlait pour deux et ça tombait bien. Elle commença à raconter sa vie au muet dès qu'il arriva. Elle la raconta avec des effets de voix et des gestes grandiloquents, comme une tragédienne antique.

Il est vrai qu'elle avait beaucoup souffert. Depuis sa petite enfance, tout le monde s'était ligué contre elle. Ses parents, deux psychopathes, chacun dans son genre. Ses copines, qui ne lui pardonnaient pas ses succès masculins. Les hommes, enfin, qui ne pensaient qu'à la chosette, mais jamais pour la vie : ce ne sont que des fusils à un coup, plus ou moins.

« S'il n'y avait pas les hommes, dit-elle, j'aurais été tellement heureuse d'être une femme… »

Affalé dans un fauteuil de cuir rouge, Mohammed VI opinait tout le temps du bonnet, tandis que lui montait au visage un mélange de joie et de rougeurs, attisé par le champagne de Juliette Benichou. Il était toujours d'accord sur tout. Quand on est muet, on n'a pas le choix. C'est juste un pli à prendre.

« Je n'aime pas les hommes, reprit-elle, quand ce sont juste des hommes. Il faut qu'ils aient quelque chose de plus, ou de moins, ce qui est pareil. »

Elle avait posé sur lui un regard plein d'amour quand ses lèvres murmurèrent :

« J'ai toujours eu un faible pour les hommes à problèmes. »

Mohammed VI ne vit pas son regard. Il était trop occupé à manger des yeux les deux petits pieds de Juliette Benichou, et il lui fallait faire un grand effort sur lui-même pour ne pas s'agenouiller tout de suite devant eux, les suçoter et les caresser pour arracher à l'aimée des soupirs de plaisir.

Quand ils furent passés à table, les deux pieds de Juliette Benichou continuèrent de danser dans sa tête. Son bonheur, désormais, était un grand ciel où trônaient deux pieds.

L'amour naît souvent là où on ne l'attend pas. Sur la pointe du nez, un grain de beauté ou une dent ébréchée. Il y prend racine, s'y remplit de sève, puis se répand partout. C'est ce qui était arrivé à Mohammed VI. Il aimait tout, chez Juliette

Benichou. Même sa voix crissante de couteau sur la vitre. Mais il aimait d'abord ses pieds.

À la fin du sauté d'agneau, ils transpiraient des cordes tous les deux et, parfois, leurs regards étaient si tendus, quand ils se croisaient, qu'ils semblaient sur le point de se casser.

Juliette laissa brûler la tarte aux figues.

« Excusez-moi, dit-elle. Je ne suis pas dans mon état normal. »

Le muet ne releva pas. Il avait le même air que Juliette, à cause de tous les sentiments qui se mélangeaient sur son visage. Peur, stupeur, confusion. On aurait dit des grimaces d'accouchement.

Leur amour était comme une courge prête à éclater, sous les coups du soleil, avec tout ce jus vivant qui les gonflait de partout et suait déjà, sous leurs habits, les gouttes du bonheur.

*

Si elle avait pu, elle aurait crié pour dire sa joie au monde, tandis qu'il se tortillait au-dessus d'elle, en serrant sa poitrine avec amour, le pénis prêt à bondir. Quelque chose la fendit tout d'un coup, un éclair de vie, et leurs deux abdomens se mélangèrent, dans une danse frénétique.

49

C'est là que les deux mouches s'envolèrent, toujours accouplées, dans l'air transparent. Trop vite pour que le muet ait le temps de les écraser. Il ne souffrait pas que ces bestioles-là forniquent. Surtout sur son bras. Sa main chercha ensuite à les attraper deux fois de suite, devant lui, mais elles lui échappèrent.

Il avait cru les entendre rigoler, pendant qu'elles se jouaient de lui, mais non, c'était juste le champagne de la veille. Depuis le matin, sa tête vrombissait. Il avait plein d'avions dedans, et ils se cognaient contre son crâne, dans un bruit d'enfer. C'est pourquoi il en avait après la terre entière. Les mouches, bien sûr, mais aussi les moustiques, les arbres et puis le vent qui s'acharnait sur le monde, en hurlant ses insultes.

Après avoir avalé son casse-croûte, il s'allongea sur le flanc de la montagne, comme il aimait, la tête posée sur son sac de toile, afin de surveiller d'un œil le troupeau qui paissait, en contrebas. Les cailloux pénétraient dans son dos et dans ses jambes. Les herbes infusaient en lui. Le ciel transperçait ses paupières. Le muet se mélangeait au ciel et à la terre.

C'est le silence qui le réveilla. Le vent était parti, le troupeau aussi. Il se leva, tout tordu de sommeil, en se frottant les yeux, et retrouva les moutons un peu plus loin, au pied d'un éboulis, au milieu des chiens.

Quelque chose n'allait pas. Il suffisait de respirer pour s'en rendre compte. L'air n'était pas comme d'habitude. Il sentait la mort, en plus du caramel.

Le muet chercha longtemps la mort autour du troupeau, dans les trèfles et les pâturins, mais ne trouva rien, jusqu'à ce que Trésor, le chien le plus dégourdi, l'emmène à une centaine de mètres, sur le flanc de la montagne.

Deux ramas de viandes pétrifiées, sur un linceul de gentianes jaunes. À leur vue, le muet se mit à frissonner. Comme il faisait partie du même grand corps unique, il vivait désormais la mort de ses bêtes dans sa chair. Il poussa un drôle de gémissement, et l'écureuil, effrayé, rentra son museau dans la musette.

Les deux brebis avaient la même expression souffrante, avec leurs yeux exorbités et leur langue pendouillante, que les têtes de mouton sur l'étal des boucheries islamiques. Leur gorge n'était plus qu'une bouillie de sang et de laine, offerte au monde, tandis que leur ventre crevé dégobillait son cortège de boyaux luisants.

Longtemps, le muet resta recueilli devant les deux martyres, dévorées vivantes. Après quoi, il chercha des indices alentour. Des poils, des traces, des crottes. Mais le tueur n'avait rien laissé derrière lui. Juste le silence que l'on sait, et puis une espèce de malaise, qui suintait de partout, du ciel crispé mais aussi de la chair de la montagne, jusque du dessous des pierres.

*

Quand le muet lui montra les deux brebis mortes, Marcel Parpaillon ne dit rien. Il hocha simplement la tête, à trois ou quatre reprises, avec un air méchant, avant de laisser tomber :

« Je préfère qu'on ne récupère pas les carcasses. Si nos chiens les mangent, ils risquent d'attraper la maladie. »

Mohammed VI ne savait pas de quelle maladie le vieil homme voulait parler, mais il se disait qu'elle devait être dangereuse pour lui mettre tant de haine dans la voix et dans les yeux.

*

Cette nuit-là, Mohammed VI décida de dormir dans le grenier à foin de la bergerie, avec un fusil à portée de main. Il semble que ça rassura tout le monde, les moutons, les chiens mais aussi le vieil homme.

Marcel Parpaillon n'avait jamais aimé que la bergerie fût si loin de sa ferme. À six cent soixante mètres exactement. Une absurdité dont il avait hérité de son père, un insomniaque acariâtre qui ne souffrait pas les bêlements de ses moutons. Il se reprochait de n'avoir pas réparé plus tôt cette bêtise.

Trop tard, maintenant. À son âge, il n'avait plus le temps ni l'énergie de construire une nouvelle bergerie, plus près de sa maison. Au début, la vie est un fleuve dont on peut toujours changer le cours. Sur la fin, un petit ruisseau, enfermé dans son lit, que la terre n'arrête jamais de boire, avec avidité, jusqu'à la dernière goutte. Si on laisse courir, c'est qu'on n'a plus le choix.

Avant que le vieil homme parte dans la nuit, avec son fusil, à la chasse au beauceron, le téléphone sonna souvent, dans la maison, et toujours très longtemps.

Une femme. Il n'y avait qu'une femme pour appeler comme ça, avec une pareille frénésie, mais Marcel Parpaillon ne décrocha pas.

*

Juliette Benichou ne savait plus ce qu'elle faisait. Après avoir tenté en vain de joindre Mohammed VI au téléphone, elle ne contrôlait plus rien, ni ses pensées ni ses pieds qui l'emmenaient en direction de la ferme Parpaillon, dans la lumière neigeuse du clair de lune.

La nuit est toujours propice au crime et, de temps en temps, un cri affreux crevait le silence, dans un taillis ou un buisson. Sur le coup, ça la refroidissait toujours un peu, Juliette Benichou, mais elle continuait quand même son chemin sur ses jambes flageolantes.

Elle frappa plusieurs fois à la porte de la ferme. Personne. Elle cria. Toujours personne. Au bout de cinq minutes, elle retourna en direction du village, la tête haute et la démarche fière des grandes amoureuses.

Quand elle entra dans le café, presque toutes les conversations s'arrêtèrent et elle chercha son visage dans le miroir, derrière le comptoir, pour vérifier que tout était normal.

Tout était même parfait. Sauf que le muet n'était pas là.

Il devait être à la bergerie. Mais elle n'avait pas osé pousser jusque-là. Le fils Parpaillon était mort sur le chemin des Hautes-Cougourdes. Elle ne se voyait pas l'emprunter toute seule, et de nuit par-dessus le marché.

Mieux valait attendre. Juliette commanda un jus de tomate qu'elle but au bar, le dos tourné à Rafic et à sa bande qui la mataient en conférant, avec des airs importants.

Elle ne décrocha du bar qu'au bout d'une heure et quart, quand elle fut convaincue que Mohammed VI ne viendrait plus rejoindre ses amis.

Mais elle le retrouva peu après, dans le chaud de ses draps. Elle passa même la nuit avec lui dans la tête, à embrasser l'air au-dessus d'elle.

CHAPITRE IV

Il était dans les six heures, le lendemain matin, quand Mohammed VI descendit à la ferme pour le petit déjeuner. Au réveil, il avait toujours un creux, qu'il lui fallait remplir de toute urgence. C'était étrange à voir. Il semblait pris de panique, avec des gestes fébriles et maladroits.

Il venait de mettre en marche la cafetière électrique lorsque Marcel Parpaillon rentra, l'air halluciné, de sa chasse au beauceron. Le vieil homme posa son fusil contre le mur et s'assit à la table de la cuisine. Il semblait ressentir, d'un coup, la fatigue qu'il avait passé la nuit à repousser. Il baissa la tête et se tassa sur lui-même, en respirant très peu, comme les mourants qui s'économisent.

Pendant que le café coulait, le muet avalait ses tartines à toute vitesse, après les avoir recouvertes de grosses couches de beurre et de confiture de fraises des bois. Ses mains tremblaient. C'est fou ce que les gens, parfois, peuvent avoir peur quand ils mangent. Peur de manquer. Peur qu'on ne les laisse pas finir.

Après que le muet lui eut servi un bol de café, le vieil homme en but plusieurs gorgées, les yeux fermés, puis marmonna :

« J'ai l'impression qu'il faut croire le voisin quand il dit que son chien ne sort pas la nuit. C'est peut-être pas sa bête qui a fait tout ça… »

Il hocha la tête, le regard absorbé par quelque chose d'infini, et continua :

« Mais c'est peut-être elle quand même et je n'ai pas envie de lui donner le bénéfice du doute. Je dormirai tranquille seulement quand il sera mort, ce chien de malheur. »

Après quoi, Marcel Parpaillon retourna à son bol de café. Quand il l'eut terminé, il se leva et murmura :

« Occupe-toi bien des moutons. Moi, je vais dormir un peu. »

*

C'était un de ces matins où il faisait soir. Le ciel se traînait sur les montagnes. Il tournait sur lui-même, sous les caresses du vent, et laissait sur les faîtes mais aussi sur les escarpements, jusqu'au fond de la vallée, des gros morceaux de nuages blancs.

Il perdait ses plumes, comme un oreiller.

La pluie arriva en fin de matinée. Elle murmurait des phrases que les arbres avaient l'air de comprendre. Ils minaudaient en se pâmant sous les compliments qui tombaient sur eux, à petites gouttes. Un plein bon Dieu de bonheur coulait sur le monde, qui se rengorgeait de plaisir.

On se trémoussait, on palpitait, on se tortillait, on frémissait. Enfin, on prenait du bon temps sous l'eau du ciel.

Le muet avait emmené les bêtes sur le flanc d'un mamelon et s'était assis au-dessus d'elles, sur un rocher, pour mieux les surveiller. Il chantonnait un air de son invention, toujours le même.

De temps en temps, pour se changer les idées, il levait les yeux et regardait le ciel mouillé.

C'est traître, la pluie. Surtout quand elle fait la modeste. On croit ce qu'elle raconte. On se laisse endormir par ses louanges et ses suçons.

Des aboiements de chiens le sortirent, soudain, de sa rêverie. Il mit le fusil en bandoulière, posa une pierre sur ses affaires, pour que rien ne s'envole, et dégringola la pente.

Son cœur était comme un poing qui tapait, pour sortir, et le sang bouillonnait dans sa tête, au bord d'éclater. Une grande mer le soulevait de l'intérieur et l'emportait au-delà de lui-même.

Une envie de meurtre.

C'était toujours pareil, quand elle prenait le muet, cette envie. Il n'entendait plus rien que les vagues qui roulaient au-dedans de lui. Il suivait leurs commandements sans réfléchir, avec des halètements de bête.

Quand ils le virent débouler, les chiens accoururent à sa rencontre en aboyant de plus belle. Il manquait Trésor.

Le muet siffla entre ses dents, pour l'appeler : ça ricocha sur les parois de la montagne, rebondit sur les herbes mouillées et remua quelques sonnailles, dans le troupeau.

Pas de Trésor.

Les chiens emmenèrent le muet au pied d'un fourré où un gros agneau, assis sur son arrière-train, gigotait sous la pluie. Un tardon. Il n'arrivait pas à se lever sur ses pattes arrière et bêlait son malheur avec un air révolté.

Ses pattes avant n'arrêtaient pas de gratter la terre. Le derrière en sang, il cavalait sur place pour rattraper la vie qui s'enfuyait devant lui. Il avait beau être l'un des animaux les plus obéissants de la création, il ne voulait pas mourir.

Quand il eut constaté que le bassin du tardon était paralysé, le muet sortit un gros canif de la poche de son pantalon, l'ouvrit et trancha la gorge de la bête comme on tranche du pain.

Si le tardon avait été mordu au postérieur, ça n'était pas sa faute. Il ne méritait pas son châtiment. C'est pourquoi il avait l'expression de l'innocence trahie, quand il poussa son dernier soupir.

Après ça, quelque chose revint se tordre au-dedans du muet. De la haine qui le gonflait de partout, avec des vagues qui écumaient, à la place des pensées.

Avant de choisir sa direction, il resta longtemps, son canif ouvert dans la main, à fouiller des yeux le fond de la pluie, en sifflant Trésor.

Après avoir saisi son fusil, il courut vers la pinède où venaient de retourner deux des chiens, en grondant et en glapissant, comme s'ils étaient après quelqu'un.

L'air sentait la résine : ça calma tout de suite le muet, cette bonne odeur qui lui chatouillait la poitrine et lui remplissait la bouche.

Il la mâcha, le regard ailleurs.

Ses pas gargouillaient sur le grand tapis mouillé de la pinède. Il aimait les frissons des aiguilles de pin, chaque fois qu'il enfonçait son pied dedans. Les frissons de la jouissance du monde.

Un miaulement déchirant, tout d'un coup.

Ce n'était pas un chat, mais Trésor qui revenait, du fond de la pinède. Il boitait avec ostentation entre les deux chiens qui lui faisaient fête. Sans doute pour signaler qu'il ne se trouvait pas au mieux de sa forme, il tarda à lever la tête après que le berger l'eut sifflé.

Il avait l'air très préoccupé, Trésor. Quand il fut arrivé aux pieds du berger, il bâilla, secoua ses oreilles et bâilla de nouveau, avant de se coucher en poussant des petits gémissements d'enfant malade. Sur son flanc gauche, un grand morceau de peau décollé pendouillait comme un drapeau, au-dessus de sa chair à vif, et un gros trou saignait des gouttes au bas du cul.

Il avait aussi du sang sur la gueule, parce qu'il s'était battu.

Ce chien était un héros. Il ne le faisait même pas exprès. Le muet s'agenouilla devant lui, posa sa main sur sa tête et l'embrassa longuement, sous la pluie qui les mélangeait.

*

Adrien Mitscherlich, le vétérinaire, était un petit homme tout en moustache, avec un air revêche, qui détestait répondre aux questions. En plus, pour mieux se couper du monde, il gardait tout le temps à la bouche des cigarettes qu'il n'allumait jamais : c'est pourquoi il ne s'exprimait que par des sortes de marmonnements, souvent incompréhensibles.

Pendant que le vétérinaire, sa clope éteinte au bec, examinait Trésor, allongé sur la table d'opération du cabinet, Marcel Parpaillon ne put lui arracher la moindre indication sur l'identité de l'agresseur. Juste des soupirs ou des haussements d'épaules, afin de bien signifier qu'il n'était pas payé pour répondre aux questions des clients.

« C'est possible que ça soye un beauceron ? » finit par demander Marcel Parpaillon.

Geste d'agacement du vétérinaire, puis :

« Moui. Peut-être.

— Et un loup ? »

Le vétérinaire mit sa main devant sa bouche, feignit de pouffer, puis retira sa cigarette :

« Sûrement pas. Les loups ne sont pas méchants. Renseignez-vous. C'est des braves bêtes, qui ont trop peur de l'homme pour s'attaquer à ses chiens. »

C'était la première fois depuis le début de la consultation qu'Adrien Mitscherlich avait fait des phrases. Marcel Parpaillon l'observa avec gratitude. Il aimait qu'on lui parle.

Il tenta de prolonger la conversation :

« Je suis prêt à croire qu'ils sont gentils, mais lorsque je suis sur la montagne, j'ai quand même des sensations bizarres, comme si des yeux me transperçaient par-derrière. Des yeux très cruels.

— C'est parce que vous êtes fatigué.

— Non. Y a une présence, je le sais. La preuve : nos moutons sont tout le temps attaqués.

— Les moutons sont faits pour être attaqués.

— Pas comme ça, sans arrêt. C'est plus du jeu, c'est de la rage. »

Le vétérinaire plissa les yeux, pour signifier qu'il réfléchissait, puis laissa tomber :

« Vous devriez regarder du côté des chiens des voisins. »

Un frisson secoua Marcel Parpaillon et son visage se crispa un peu plus, si c'était encore possible. Adrien Mitscherlich sut qu'il avait visé juste. Les maîtres sont des chiens comme les autres. Il suffit de leur donner un os à ronger et ils vous laissent tranquille.

Le vieil homme cessa de poser des questions, rentra la tête dans les épaules et se mit à ruminer des choses.

Il s'assit sur la chaise, tandis qu'Adrien Mitscherlich piquait le chien, pour l'endormir.

Dès qu'il commença à coudre la peau du chien, le vétérinaire ne leva plus les yeux, très concentré sur sa clope et son travail, les sourcils froncés entre deux rides verticales, mais ça ne l'empêcha pas de marmonner, derrière sa cigarette :

« Si les loups sont agressifs, c'est de notre faute. Parce qu'on ne les comprend pas. Ou parce qu'on les embête...

— Pourquoi vous les défendez comme ça ? »

Adrien Mitscherlich ne lui dit pas qu'il était l'un des experts officiels des Amis des Loups, un organisme qui croulait sous les subventions, pour favoriser le développement de la bête dans le Mercantour. Il poussa un soupir :

« Je ne suis pas d'ici, moi. Ça me permet d'avoir plus de recul que vous. Et puis je fais mon chiffre sur les chiens et les chats. Pas sur les troupeaux de moutons, qui sont en train de disparaître. J'ai donc un point de vue objectif sur les loups. Eh bien, je peux vous dire qu'on nage dans le fantasme, à leur sujet. »

Il ajouta qu'il en avait assez de voir l'homme prendre toute la place, sur cette terre. Depuis son apparition ici-bas, il a passé son temps à faire le vide autour de lui. Allez, ouste, du balai, les mammouths et les autres ! Pour un peu, si on le laissait faire, il raserait les montagnes, comblerait les vallées et assècherait les océans.

« Pauvres loups, continua-t-il. Il serait temps qu'on se la joue modeste, nous les humains. Qu'on arrête de croire que la terre tourne autour de notre pomme. Qu'on laisse faire la nature.

— Je ne vous le fais pas dire. »

Le vieil homme se racla la gorge, leva un sourcil, mais pas l'œil, et revint à son idée :

« Si c'est un loup, faudra quand même que je le tue. Une question d'honneur, vous comprenez.

— Non.

— L'honneur, vous ne comprenez pas ?

— C'est un mot que je ne comprends pas et qu'en plus je n'aime pas, à cause de toutes les guerres qu'il nous a fait faire. »

*

Parfois, le vieux berger s'arrêtait de respirer. Il se retirait d'ici-bas pour retrouver la vérité du monde.

Ce quelque chose qui naît de rien et ce rien, de quelque chose.

Il n'y a pas plus grisant. C'est pourquoi il souriait toujours beaucoup, dans ces moments-là. Comme un simple.

Toutes les deux minutes, il prenait un peu d'air et puis s'en retournait dans le gouffre sans fond de la vérité que j'ai dite. C'était là qu'il se sentait le mieux.

Il remonta définitivement à la surface lorsque le vétérinaire lui montra Trésor endormi :

« Ça y est, il est comme neuf, votre chien. »

*

Le soir, quand il rentra à la ferme, avec son Trésor rapetassé, le vieil homme monta tout de suite se coucher et s'endormit en moins de temps qu'il ne faut pour l'écrire. Chacun a un loup au fond de soi, il suffit de chercher. Marcel Parpaillon passa sa nuit en lui.

Il courut longtemps après les odeurs qui dansaient dans l'air, en provoquant des galops affolés devant lui, avant d'enfoncer, enfin, ses crocs dans des chairs pantelantes que secouaient des spasmes de terreur. Quand il se réveilla, le lendemain matin, il se sentit très fort, comme un loup qui a beaucoup tué.

Un peu de rosée coulait sur la fenêtre.

*

Il pouvait devenir n'importe quoi, le vieil homme. Après le loup, la nuit, il fut la goutte de rosée qui faisait son soleil sur la vitre. On se sentait bien, dedans. C'était tout tiède, comme un corps de femme.

Il se trouva, soudain, aspiré par l'infini du ciel. Il était maintenant la mouche qui venait de boire l'eau de la goutte et virevolta avec elle, un moment, dans l'air doré du matin, jusqu'à ce qu'une hirondelle la gobe avant de sauter de joie, tout en haut de l'azur.

Quand elle fienterait, il nourrirait l'herbe que mangerait le mouton. Sauf qu'il ne deviendrait jamais un mouton. C'est trop dur. Pas seulement à cause des strongles, ces vers fins et longs comme des spaghettis qui se tortillent dans les entrailles des troupeaux. Ni des parasites qui leur sucent les bronches. Ni des douves qui leur bouffent le foie. Je ne parle pas de la gale, du piétin, de l'arthrite, de la mammite qui s'en prend aux mamelles des brebis, quand le fromage dedans vire à la gangrène, ou de l'espèce de jus rosé que pissent leurs vagins souffrants, avec du sang, des mois entiers. Je parle du couteau, qui sculpte un grand sourire sur leur gorge. C'est affreux, de mourir dans son sang, avec le souffle haineux du tueur au-dessus de soi, même quand on est l'agneau de Dieu qui ôte le péché du monde.

Marcel Parpaillon ne s'y habituerait jamais, au couteau. La bête est la crucifixion de l'homme. Le mouton, surtout.

*

Un tressaillement lui traversa le corps, de la tête au cul, et revint en arrière, avec un bruit étrange, comme un froissement d'ailes. Après qu'il s'en fut allé, l'épine de son vaste dos se trémoussa et ses pattes tremblèrent. Puis tout retourna à la normale.

La grosse chose moutonneuse se remit à téter ou à mâchouiller, avec toutes ses langues, entre les murs de la bergerie, sous l'œil maternel de Mohammed VI, perché dans le grenier à foin. Les moutons n'arrêtent jamais de se remplir la panse. À la longue, on est fatigué pour eux. Le muet avait les parpelles qui dégringolaient, après une journée à les regarder.

De temps en temps, le grand corps unique de la moutonnaille était pris de tremblements. Ce n'était rien, juste la peur, ou la mort, qui passait sans s'arrêter. Mais ça donnait toujours des émotions au muet, un peu les mêmes qu'avec Juliette Benichou, une oppression dans la poitrine, un vertige dans la tête et plein de fourmis partout.

*

Juliette Benichou marcha encore beaucoup, ce jour-là, et à l'entrée du village, sur la route de Barcelonnette, elle croisa Archibald Davenport, avec son caniche dans les bras.

Il la salua en inclinant la tête :

« J'ai des choses à vous dire. »

Elle baissa les yeux, haussa les épaules et accéléra le pas, les joues en feu.

*

Le soir, alors que Marcel Parpaillon allait partir à la guette du beauceron, Vincent Sauvagnolle, le maire, arriva, sur ses talonnettes. Si hautes qu'elles lui donnaient une démarche féminine, avec un déhanchement chaloupé qui contredisait chacun de ses pas. Dès qu'il avançait le pied gauche, la fesse droite se déportait vers l'extérieur, et inversement. C'était tout à fait craquant, mais vu de dos seulement. Car, vu de face, il avait l'air veule des gens qui n'ont pas les moyens de leurs ambitions, le regard fuyant, les lèvres charnues et pendantes. Sa coiffure n'arrangeait rien. Une coupe écureuil, avec des reflets rouge sang.

Vincent Sauvagnolle s'assit sans demander la permission et dit au vieil homme que le vétérinaire l'avait alerté, à propos de cette histoire de loups. Après réflexion, il ne voyait qu'une solution. Se reposer, de toute urgence. Il faut dormir, dans la vie. Sinon, on fait ses cauchemars dans la journée, on a des rats qui courent dans la tête et on dit des bêteries grosses comme des cougourdes. Quelques bonnes nuits et tout irait bien.

« Je suis à peu près sûr que c'est un chien, finit par dire le vieux berger avec un sourire coopératif.

— Je le savais, répondit le maire. Vous êtes quelqu'un de très intelligent, c'est indubitable. Mais ne parlez plus de loups, je vous en supplie. C'est mauvais pour tout. La commune, le tourisme, l'industrie… »

Le maire était un affairiste, mais du genre qu'on n'arrive pas à détester, parce qu'il ne cachait pas son jeu. Aujourd'hui, les riches ont tout pris aux

70

pauvres, même la morale. Vincent Sauvagnolle n'était pas un moraliste.

Il gagnait des mille et des cents avec « Provençolle », une entreprise de produits régionaux qui expédiait à travers le monde des savons, des conserves, des sachets de lavande et des pots de miel ou de confiture. Sous prétexte qu'il soignait les emballages, il vendait tout ça très cher. Il le reconnaissait lui-même avant d'observer que personne n'était obligé d'acheter sa camelote.

Ce qu'il y avait de bien, avec Vincent Sauvagnolle, c'est que, dans son esprit, tout le monde était toujours quelqu'un. Même Marcel Parpaillon. Il vous fixait avec un regard intense et vous parlait comme si vous étiez la personne la plus importante de la création.

Un politicien.

Marcel Parpaillon sembla tomber sous le charme. Il lui promit de ne plus jamais parler des loups, avant de lui proposer un verre de gentiane maison.

« De la haute », précisa-t-il.

Il voulait dire qu'il allait la chercher aux sommets des montagnes, là où la vie a plus de prix, au pays des éterles et des éterlons, les chamois qui, à leur deuxième printemps, quittent leur mère pour vivre leur vie. Après avoir avalé une gorgée, le maire tourna sa langue dans son palais, puis laissa tomber sur un ton professionnel :

« C'est pas de la gentille.

— Normal. C'est du jus de montagne et la montagne est rarement gentille. »

Les yeux de Vincent Sauvagnolle partirent très loin, d'un seul coup. Derrière les murs de la ferme, bien au-delà du mont Pelat. Quand ils revinrent de leur voyage, ils étaient voilés, et il murmura, en se frottant les paupières :

« Il va falloir que je vous emmène à la chasse, cette année. »

Vincent Sauvagnolle lui disait ça tous les ans, mais toujours avant l'ouverture de la chasse. Après, il oubliait. Marcel Parpaillon aurait été un boulet à traîner, sur les sommets. Il n'avait plus de jambes, ni de vue, ni d'ouïe. Enfin, plus beaucoup.

« Y a du chamois à pas savoir qu'en faire, reprit le maire. C'est bien la preuve qu'on n'a pas de loups par ici. C'est indubitable.

— En effet, observa le vieil homme avec un hochement approbateur. C'est sûrement une preuve. »

Il partit à son tour dans un rêve, là-haut sur la peau plissée de la montagne, au milieu des lacs et des tourbières. Il était tout près du ciel, là où on se cogne la tête contre les nuages, et regardait les chamois tomber, comme des mouches, sous les coups de feu, avec ce frisson si particulier, qui dit la mort, ou bien l'amour.

« J'aimerais tellement chasser encore une fois », murmura le vieil homme, les yeux là-haut.

Quand il redescendit sur terre, il remarqua la forêt de poils qui montait de la poitrine du maire jusqu'au bas de son cou. Son col de chemise laissait paraître l'animal, dessous. Un gros écureuil, affreusement velu. Vincent Sauvagnolle dut lire dans les pensées de Marcel Parpaillon, parce qu'il se reboutonna avec un air gêné, en marmonnant quelque chose.

Après ça, ils restèrent un moment à se dévisager sans rien dire, comme s'ils apprenaient leurs yeux par cœur. Tels sont les effets de la gentiane.

« Je vous emmènerai, conclut le maire. C'est promis. »

Il partit très vite, comme un voleur. Marcel Parpaillon se demanda si ça n'était pas à cause des bruits étranges qui dévalaient, en douceur, la montagne. Les bruits du silence, quand il s'amène pour faire sa nuit.

*

Juliette Benichou composa plusieurs fois le numéro de la ferme de Marcel Parpaillon. Mais, la plupart du temps, elle raccrochait dès la première sonnerie. Parfois même avant. Ce jour-là, elle avait trop peur du vertige qui l'attendait, à l'autre bout de la ligne. Elle se disait qu'elle ne supporterait pas.

Après avoir tourné dans le salon avec un air perdu, elle s'assit dans un fauteuil, en poussant un petit soupir. Elle ferma les yeux et retrouva son homme, au-dedans d'elle : ça lui réussit bien, car son visage se remplit de lumière, à l'intérieur, et puis aussi de baisers, comme des papillons. Elle avait un air différent, maintenant : plein et serein. Souvent, le bonheur, il suffit de baisser les paupières pour le trouver.

Au bout d'une heure, un grand cri la glaça, dehors. Le cri de la mort qui retentit à tout instant à travers le monde, sous les toits, dans les caves, les terriers, les buissons.

Elle ferma la fenêtre.

*

Il y eut beaucoup de cris, cette nuit-là. Tous plus effrayants les uns que les autres. Ils jetaient un froid jusque dans les arbres qui tremblaient

74

comme des feuilles. Il y eut aussi deux coups de feu. La mort était en pleine forme. Elle rattrapait le temps perdu dans la journée, avec une rage de bûcheron.

Mieux valait dormir plutôt que d'entendre ça. C'est ce qu'à peu près tout le monde essayait de faire. Sauf les nuages, qui continuaient de travailler leurs muscles, dans le ciel. Mais ils finirent aussi par prendre peur. Au petit matin, il n'en restait plus un seul.

CHAPITRE V

La factrice comprit pourquoi ça sentait le brûlé depuis un moment, dans sa camionnette, quand apparut la villa de Jean-Guillaume Fuchs, au bout du chemin. Sa bouche béa de stupéfaction, sans qu'aucun son n'en sorte. Le toit et les fenêtres n'étaient plus que des trous noirs qui crachaient des corolles de fumée grise, avec la gueule grande ouverte des fins d'agonie.

Patricia Gonzales appuya sur l'accélérateur. C'était un petit bout de femme aux cheveux coupés très court, comme un garçon, mais d'une grâce extrême. Rien ne semblait avoir prise sur elle, pas même la pesanteur. Elle avait toujours l'air de se ficher du monde. Même quand elle descendit de la camionnette, le portable à la main, pour dresser son état des lieux.

« Y a quelqu'un ? » demanda-t-elle trois fois de suite.

Seules les braises lui répondirent, avec les bruits si particuliers des animaux que l'on dérange pendant leur festin : grognements, soupirs, sifflements et craquettements.

La chair brûlée de la villa répandait une odeur qui coupait le souffle et les jambes.

La factrice retourna en toussotant à la camionnette, démarra, roula sur une centaine de mètres, puis composa un numéro sur son portable.

« Y a le feu chez Fuchs, annonça-t-elle d'une voix tremblante. C'est affreux… »

Après ça, Patricia Gonzales ouvrit la vitre de sa portière et, tout en continuant à conduire, se mit à respirer très fort, pour rattraper l'air perdu, même s'il y avait de la fumée dedans, avec l'expression concentrée du bébé au sein.

*

Elle s'essuya la tête, délicatement, s'avança un peu, tourna sur elle-même, puis s'essuya à nouveau, avec plus d'application. Depuis le temps que durait sa toilette, elle devait être très propre. Elle continuait quand même.

Une manie absurde, mais c'était plus fort qu'elle.

Certains passent leur temps à se gratter les tempes, d'autres à se regarder le contour des yeux.

Elle s'essuyait sans arrêt la tête, pour retrouver cette pureté que la vie lui avait toujours refusée.

Quand elle s'approcha des lèvres bleues de Jean-Guillaume Fuchs, une ombre s'abattit sur elle, comme une aile d'hirondelle : l'ombre de la main du capitaine de gendarmerie. La mouche s'envola.

« Sale bête », grogna le capitaine Durinteau.

Il était agenouillé devant le cadavre de Jean-Guillaume Fuchs, dans le salon, et l'examinait avec soin, mais sans le toucher, pour ne pas détruire d'indices.

Le visage du retraité des ministères était couvert de suie. Quelques cheveux avaient été brûlés, et aussi des sourcils, mais le corps restait à peu près intact, sous sa robe de chambre à fleurs de lotus.

Le feu était passé sur lui sans s'arrêter, alors qu'il avait à peu près tout dévoré dans la maison. On pouvait chercher toutes les explications du monde, il n'y avait pas à tortiller : Jean-Guillaume Fuchs ne lui avait pas plu, au feu.

Les yeux exorbités du maître des lieux exprimaient un mélange théâtral d'effroi, de haine et de souffrance. Deux balles avaient troué sa robe de chambre. Une en plein ventre, l'autre dans la poitrine. C'était plein de sang autour.

Un de ses bras se terminait avant la fin, par une flaque dure et noire. Il avait la main coupée.

*

Quand le vieil homme monta au mamelon pour apprendre la nouvelle au muet, on aurait dit que le monde s'était arrêté : le vent avait cessé sa ronde pour laisser la terre seule avec le soleil, sous une lumière atomique. Tout cuisait ici-bas, à commencer par le sucre des ancolies ou des campanules. Ça sentait le caramel.

Marcel Parpaillon entendait pourtant la pluie chantonner au fond de ses oreilles. Il pleuvait toujours un peu en lui, mais à ce point, rarement. Il n'était plus qu'un grand ruissellement qui faisait semblant de tenir debout.

C'était la chaleur, et puis aussi la peur.

Après que le vieux berger lui eut appris la mort de Jean-Guillaume Fuchs, Mohammed VI opina avec une expression de contentement, puis jappa. Il fallut deux ou trois secondes avant que Marcel Parpaillon comprenne :

« Et le chien, tu veux dire ? »

Le muet hocha la tête.

« Le chien, je ne sais pas ce qu'il est devenu, dit le vieil homme, mais il a dû mourir avec son maître. En tout cas, j'espère… »

Il marmonna ensuite quelque chose d'incom-
préhensible, puis :

« Il faudra que j'en parle au capitaine de gendarmerie. »

Il avait dit ça avec l'autorité de la compétence,
avant de retourner dans des pensées intérieures
apparemment très absorbantes. Il laissa passer plusieurs minutes, les paupières closes et les sourcils
froncés, avant de murmurer :

« C'est quand même une drôle d'histoire. »

Leurs regards se croisèrent. Des regards pas
francs et soupçonneux, avec un air de deux airs.
Le genre qu'il vaut mieux ne pas garder longtemps, sous peine de se fâcher, et ils ne voulaient
pas se fâcher. Ils se mirent à couver des yeux le
troupeau, au-dessous.

*

Au bout d'une heure, le vent revint faire danser
les herbes et les feuilles. Ce fut comme si la terre
recommençait à vivre, sous le soleil qui cognait.
De temps en temps, de longs frissons parcouraient
la montagne, de haut en bas, en se faufilant partout, dans les éboulis ou les fourrés, jusqu'à travers
la moutonnaille, tandis que des petits râles mon-

taient vers le ciel. L'air mettait du désir partout où il passait. Les affaires reprenaient.

L'écureuil du muet boitillait devant le petitou et le vieil homme, le museau en l'air, comme s'il cherchait des choses dans le vent.

Des mots. De l'amour, sans doute.

« C'est quand même une drôle d'histoire », répéta Marcel Parpaillon avec le même air inspiré qu'une heure auparavant.

Il reprenait souvent ses conversations là où il les avait laissées. Dans certains cas, des semaines après.

« M'étonnerait qu'elle s'arrête comme ça, cette histoire », continua-t-il.

Une buse passa au-dessus, comme une feuille au vent. Après l'avoir admirée, le muet sortit la flûte de son sac et se mit à jouer un petit air gai sous lequel le grand corps unique de la moutonnaille se pâma de bonheur.

Sa chair laineuse caressait le ciel, ses pattes étreignaient les herbes et ses bouches embrassaient la terre : tandis que la musique coulait sur lui, tout le monde fécondait tout le monde, dans la paix du jour.

La flûte s'arrêta, soudain. Trésor avait émis des grognements en direction d'un grand rocher vers lequel il s'avançait lentement, les oreilles dressées et le poil hérissé. Le muet prit son fusil et se leva.

Trésor était le chien préféré du vieux berger. Une boule de poils blancs, qui aimait la chair crue et faisait volontiers le héros, tous crocs dehors. Mais il cherchait toujours les ennuis, même quand il n'y en avait pas.

C'était encore le cas. Le vieil homme décida qu'il fallait rentrer.

Quand ils arrivèrent à la ferme, après avoir rentré les moutons à la bergerie, il n'avait plus envie de se coucher. Il n'en était, il est vrai, plus question. Un homme guettait leur retour, sur la plus haute des marches du perron de la porte d'entrée : le capitaine de gendarmerie.

*

Le téléphone sonnait, quand ils entrèrent dans la maison. Il devait sonner depuis longtemps parce qu'il semblait très énervé, le téléphone. Au bord de l'hystérie. Le vieil homme décrocha, mais, à l'autre bout du fil, il n'y eut que du silence et puis on raccrocha.

Il haussa les épaules, avec un sourire en coin :

« C'est sûrement quelqu'un d'amoureux. Souvent, ces gens-là ont trop peur de parler. »

Pendant que Mohammed VI préparait le dîner, il invita le capitaine de gendarmerie à s'asseoir, avec une bouteille de gentiane et deux verres, devant la cheminée de la salle à manger. Ils restèrent longtemps, les yeux perdus dans l'âtre noir, comme si des flammes dansaient dedans.

Ils ne pensaient pas. Leur esprit se balançait au gré des vagues d'un feu qui ne brûlait pas.

« Je ne savais pas que vous aviez de mauvaises relations avec Jean-Guillaume Fuchs, finit par dire le capitaine de gendarmerie.

— C'est un secret pour personne.

— Eh bien, pardonnez-moi, l'information n'était pas parvenue jusqu'à moi. »

Le vieil homme remua la langue dans sa bouche, avec un bruit de pâte qu'on tourne, puis murmura :

« Pour être précis, ce sont nos chiens qui ne s'entendaient pas avec lui, ou plutôt avec son beauceron…

— Titus.

— Vous le connaissez ? Une vraie teigne. Il m'a bousillé plusieurs chiens. Il a même mordu mon fils. »

Le capitaine de gendarmerie soupira, en lui jetant un regard mauvais :

« C'est étrange, on ne l'a pas retrouvé, le beauceron. Disparu. Envolé…

— C'est étrange », répéta le vieil homme.

Il avait dit ça sur un ton paisible, mais sa tête
rougeoya, ce qu'il tenta de dissimuler en se lissant
le nez, pour le plus grand amusement du capitaine.

Après ça, Marcel Parpaillon s'attendait que
l'autre lui demande de le suivre à son bureau pour
lui poser quelques questions. Mais non : après
avoir souri en respirant très fort les odeurs que
dégorgeait la cuisine, le capitaine Durinteau
l'interrogea sur son métier, les alpages, et les moutons. Il accepta même son invitation à dîner pour
continuer à l'écouter.

Il est vrai que le vieux berger parlait bien,
quand il voulait s'en donner la peine. Ce soir-là,
sous le regard approbateur du muet, il parla pour
deux de leur solitude au milieu du Mercantour,
dans cet océan qui ondoie autour des montagnes
et, parfois, les recouvre : de l'herbe, toujours de
l'herbe. Les bergers passent leur vie à nager
dedans. Elle est comme les flots pour les marins :
elle les mange à l'intérieur et il leur pousse des
pelouses dans la tête. Ils répètent ce qu'elles disent.
Elles pensent pour eux.

Vue de cet océan, la terre n'est, selon les jours, qu'un abîme, ou un sépulcre. Ils ne l'aiment pas. Ils ne se sentent chez eux que dans l'herbe qui coule, au milieu de l'immensité du ciel. Ils habitent l'infini et l'infini les habite.

« Même quand on descend en ville, soupira le vieil homme, on reste sur la montagne, avec nos moutons. On n'en décolle jamais, on est perdu pour le monde. »

On en était au fromage. Le capitaine de gendarmerie eut envie de rentrer, subitement. Il bâilla en poussant un petit râle, d'amour ou d'agonie, puis laissa tomber, sur un ton supérieur :

« Je ne savais pas que vous étiez poète. »

*

Quand il eut raccompagné le capitaine, Marcel Parpaillon resta longtemps sur le perron, à scruter la nuit. Elle était claire comme le jour, sous les restes de pleine lune, et lui mettait dans la poitrine une fraîcheur de fontaine.

Après s'en être bien imbibé, il s'allongea tout habillé sur son lit et se mit à gamberger. Mais ses pensées s'enfuyaient sitôt qu'il les attrapait : elles lui passaient à travers. C'est pourquoi il ne se retrouvait pas.

Il y a trop longtemps qu'il s'était perdu.

Tout le monde est un funambule en suspens sur son fil, entre ciel et terre, qui finit, un jour, par tomber. Marcel Parpaillon marchait toujours entre ciel et terre, mais il avait perdu son fil.

*

Il était dans les midi, le lendemain, quand le muet s'aperçut que Trésor avait disparu. Il siffla le chien pendant un bon quart d'heure, perché sur un rocher, avant de le chercher partout sur le mamelon où il avait mis le troupeau à paître.

Un mauvais pressentiment montait en lui. Il s'arrêtait souvent, pour siffler Trésor, avec une expression pathétique, les sourcils froncés, les deux index dans la bouche, mais le monde entier s'en fichait. Il y avait trop d'amour dans l'air.

Les arbres conféraient à feuille légère, en poussant des petits soupirs de plaisir, tandis que le vent leur passait et repassait dessus. Les herbes ondulaient d'extase, sous les caresses des papillons. Les fleurs s'offraient à tous, avec des impudeurs de jeune fille. Les criquets chantaient à tue-tête, ivres de ciel et de fornication.

C'était l'orgie : ça copulait jusqu'au-dedans de la montagne, sous les mousses et les pierres.

Le muet finit par retrouver Trésor allongé sur le dos, les pattes en l'air, dans le creux du ravin. Le chien avait la même expression que les moutons quand ils se sont donnés au boucher, les yeux éteints et la gueule grande ouverte, comme s'il poussait le dernier cri, celui de la mort au travail, qui glace la terre et le sang en hérissant tous les poils de la création. Mais on ne l'entendait pas, ce cri. On ne l'avait même jamais entendu, sous les râles, les effleurements et les gloussements de l'extase en cours.

Le ventre ouvert de Trésor vomissait un fatras de tripes. On y avait à peine touché. Il est vrai qu'elles ne sentaient pas la rose. En revanche, on n'avait pas craché sur les côtes : leurs os blancs saillaient de la chair rouge, après avoir été soigneusement sucés. Quant à la gorge du chien, elle faisait peine à voir : un magma de poils et de sang. On l'avait mâchée sans la manger. Les mouches s'en délectaient.

Le muet s'agenouilla et se mit à pleurer.

*

Il y a une civilisation des mouches comme il y a une civilisation des hommes. C'est la même. Ses deux mamelles sont le stupre et l'avidité.

87

Les mouches habitent en ville, comme les hommes, et ne pensent, comme eux, qu'à forniquer. C'est pour cette raison que les unes et les autres passent leur temps à se rendre d'un point à un autre, en faisant des bruits de voiture.

Quand il entra dans la gendarmerie, dans l'après-midi, Marcel Parpaillon fut tout de suite assailli par plusieurs mouches. Il détestait cette manie qu'elles ont de se jeter sur vous pour vous lécher, comme les chiens ou certains parents, avec cette vulgarité de la familiarité.

Le capitaine de gendarmerie sortait d'un bureau, une tasse de café à la main, lorsqu'il reconnut la silhouette de Marcel Parpaillon, la tête écrasée entre les épaules, comme si une main invisible l'y avait enfoncée, tandis qu'il chassait ses mouches à grands gestes. Le vieil homme était venu porter plainte.

Quand il lui eut dit pourquoi, le capitaine secoua la tête, l'air contrarié, en lissant son menton :

« Je suis désolé pour votre chien, mais vous ne pouvez pas porter plainte. Ce n'est pas un humain qui a fait ça, c'est une bête.

— Elle appartient forcément à quelqu'un, la bête.

— Qu'est-ce que vous en savez ?

— Si elle appartenait à personne, ça voudrait dire que c'est un loup et il paraît qu'y a pas de loups dans notre coin.

— C'est peut-être le beauceron que vous savez, Marcel. D'après ce qu'on en dit, il en serait tout à fait capable. »

Marcel Parpaillon se gratta la tête, avec l'expression de quelqu'un qui réfléchit, puis :

« Peut-être, peut-être pas. »

Il retint sa respiration, l'œil à l'affût, mais le capitaine porta la tasse à ses lèvres et but une gorgée de café, avec une grimace de dégoût.

« Je veux simplement la justice, finit par dire le vieil homme. C'est pas trop demander, j'espère. »

Le capitaine l'amena auprès d'une jeune fille en uniforme qui prit sa déposition. Elle lui parla d'une voix très douce, comme à un grand malade, parce qu'il avait les yeux épouvantés de quelqu'un qui se noie.

*

Après la gendarmerie, Marcel Parpaillon se rendit au Café de la Poste, où le correspondant local de *L'Éclair de Barcelonnette* avait ses quartiers. Un homme au visage gris et aux cheveux teints, qui cachait son regard derrière des lunettes à verre fumé. Mieux valait ne pas voir ses yeux. Ils suintaient une haine humide, tout comme ses lèvres, qu'il avait pris soin de dissimuler mêmement sous une grosse moustache, à la Staline.

Depuis des années, il tentait de soigner à l'alcool ou aux articles ses aigreurs et ses ressentiments. Mais ils ne passaient pas, et ça lui faisait une grosseur dans le gosier. Une espèce de cancer métaphysique. La maladie des journalistes, ces professionnels de la méchanceté, quand ils n'en peuvent plus de mijoter dans leur fiel, en regardant faire les autres. Il en avait après le monde entier, mais avec des façons mielleuses et un sourire d'une rare fausseté.

Il était assis à sa table habituelle, au fond, derrière un grand ficus chevelu, en compagnie d'une dame très maquillée, boulangère de son état. Il lui parlait d'une chose apparemment trop importante pour s'interrompre quand le vieux berger s'approcha de lui, mais si peu confidentielle, en même temps, qu'il ne daigna s'arrêter qu'au bout d'une minute et demie, une éternité, avant de s'exclamer de sa voix éraillée, sans bouger de son siège :

« Mais c'est mon berger préféré ! »

Il y avait dans sa voix une condescendance que Marcel Parpaillon détesta. L'été précédent, le journaliste avait écrit dans *L'Éclair de Barcelonnette* un grand article sur le vieil homme et ses moutons. Une symphonie pastorale pour touristes, où il était question des progrès, de l'époque, de l'avenir et d'autres horreurs de ce genre. En conséquence de quoi, le berger était même passé à la télévision régionale où il avait philosophé, sur fond de moutonnement.

Le journaliste était prudent. Il invita Marcel Parpaillon à s'asseoir et à prendre un verre longtemps après que ce dernier eut commencé à lui raconter son histoire, quand il se fut assuré qu'elle était bonne.

Il ne prit pas de notes. Il ne prenait jamais de notes, mais enregistrait toujours tout, même les arrière-pensées, avec un regard vide : sa façon de mettre la pression sur les personnes qu'il interrogeait. Il leur faisait toujours sentir qu'elles n'étaient pas à la hauteur. C'est comme ça qu'elles se livraient le plus.

Avant de partir, son récit et son verre terminés, le vieil homme lui donna un rouleau de pellicule : les photos de ce qu'il lui avait raconté.

CHAPITRE VI

Le soleil du soir qui se faufilait entre les feuilles d'un hêtre le caressait jusqu'au-dedans de lui : ça le remplissait d'infini. S'il avait pu, il aurait chanté pour dire son bonheur, mais c'était juste un caillou.

Les cailloux ne chantent pas, mais ils vivent, n'en déplaise aux esprits étriqués. Tout vit. Tout vibre. Tout jouit. Il faut être mort dans sa tête pour ne pas sentir quelque chose palpiter au fond des pierres. Marcel Parpaillon aimait le sentir. C'est pourquoi il avait si souvent des cailloux dans les mains ou dans les poches.

Il se baissa pour ramasser le caillou, puis reprit son chemin, au milieu des arbres qui flottaient dans le vent, en frissonnant comme des vagues.

Soudain, un chuchotement au milieu d'une toison d'herbes sèches, à la lisière de la forêt. Le vieil homme s'avança en respirant à peine, à pas de loup.

Un lapin.

L'animal dansait, insouciant, au gré de l'air, des plantes et des odeurs. Son inconscience l'aveuglait.

Le vieux berger épaula son fusil, tira un coup, puis un second. La forêt poussa un grand cri et les bruants protestèrent en s'éparpillant dans les cheveux des buissons.

Marcel Parpaillon se sentit très triste, comme chaque fois qu'il avait tué. Quand il vint ramasser le lapin, sur son linceul de mousse, il évita son regard, qu'il venait d'éteindre.

De retour à la ferme, il revêtit des gants, pour ne pas laisser son odeur, dépouilla le lapin, le vida et le mit à rôtir dans le four de la cuisinière. Quand il fut bien cuit, il le tartina de miel de lavande, toujours avec des gants, badigeonna de strychnine le dedans du ventre, lui attacha une cordelette autour du cou, et partit dans le soir en le tenant en laisse, comme un chien, mais en prenant soin de ne pas le laisser traîner par terre.

Il s'arrêta au début d'un sentier, au-dessus de la bergerie, et, après avoir coupé la cordelette du cou, laissa le lapin en plein milieu, les pattes en l'air, la tête en arrière et la bouche ouverte, dans la position de celui qui attend l'amour ou bien la délivrance.

C'est comme ça que l'on tuait les loups, dans le temps. Marcel Parpaillon tenait la recette de son père, qui la tenait du sien, et ainsi de suite, jusqu'au Moyen Âge. Dans la famille, il y avait toujours un pot de strychnine. Il survivait à toutes les générations.

Il paraît que ça marchait bien. Il fallait juste rentrer les chiens, pour qu'ils ne s'empoisonnent pas, mais le vieil homme les enfermait tous les soirs à la bergerie, depuis les événements.

*

Au petit matin, lorsqu'il revint voir si le petit corps offert était toujours à la même place, sur son lit pierreux, Marcel Parpaillon entendit des bruits étranges, en passant derrière la bergerie, comme quand la tempête et la forêt vont s'accoupler et que frissonne la chair feuillue des cimes. Un chant de soupirs et de murmures, que couvraient à peine les borborygmes des mille bouches du grand corps unique.

Il fallait en avoir le cœur net. Il fit le tour et entra par la porte de côté, qu'il ouvrit doucement. Les chiens ne l'ayant pas entendu, il put s'approcher, sans se faire remarquer, tout recroquevillé au milieu des moutons, du fond de la bergerie d'où provenaient les bruits.

Juliette et Mohammed VI étaient enroulés l'un dans l'autre, comme des escargots. Ils ne voyaient rien. Ils ne pouvaient rien voir. Ils s'aimaient trop.

Soudain, ils se mirent à remuer comme une mer, sur la paille de la bergerie. Tout ce roulis lui donna le tournis, au vieil homme, et il repartit comme il était venu, sans un bruit.

*

À son âge, il arrivait encore à notre homme de se demander, avec des émerveillements d'enfant, pourquoi les étoiles étaient rondes ou les femmes si belles. Juliette Benichou, surtout.

Le genre dont on se dit qu'il n'y a rien dedans parce qu'on voit le soleil à travers. Elle pouvait jouer des tas de personnages, séparément ou en même temps. Quand on croyait la connaître, c'est qu'on ne l'avait pas comprise.

Elle était toujours quelqu'un d'autre. On n'arrêtait pas de la découvrir. Une femme iné-puisable. Épuisante aussi. Elle changeait d'âme comme de draps pour mieux se mélanger à l'amour du jour.

Là, par exemple. Tout entortillée à Moham-med VI, elle se fondait en lui. Ils se buvaient et se bouffaient, hagards et stupéfaits, avec une rage de cannibales mais, comme d'habitude, c'était elle qui se donnait le plus. Elle se mourait toujours dans les hommes, qu'ils le méritent ou pas.

*

Ce matin-là, alors qu'il descendait à la ferme, Marcel Parpaillon aperçut, du sentier, le fourgon bleu des gendarmes. Il décida de cacher le sac en plastique, avec le lapin à la strychnine, qu'il por-tait à la main et, pour que les chiens ne puissent s'en emparer, l'accrocha à la branche d'un arbuste, dans un taillis, avant de reprendre son chemin, l'air soucieux, en se mangeant les lèvres.

Le capitaine Durinteau l'accueillit avec ce sou-rire forcé et rassurant qui, d'ordinaire, annonce les mauvaises nouvelles. Il se gratta la tête, toussota, se lissa le menton avant de dire à voix basse, comme s'il ne voulait pas être entendu de ses collègues :

« Désolé, mais je dois perquisitionner. »

Le vieil homme grogna quelque chose, à quoi le capitaine de gendarmerie répondit, de la même voix basse :

« On ne peut pas faire autrement. Ce sont les ordres. Y a une enquête judiciaire sur la mort de Fuchs et je recherche l'arme du crime.

— C'est pas là que vous la trouverez.

— J'espère bien. »

Les gendarmes mirent tout sens dessus dessous, dans la ferme. Ils ne cassèrent rien et s'excusèrent beaucoup, avec la politesse appuyée des militaires, mais ça chavira le propriétaire, de les voir farfouiller dans ses affaires, y compris dans les malles où dormaient, sous des sachets de lavande, les habits de sa femme morte. Quelques gouttes se mirent à couler sur son visage. Un mélange de sueur et de chagrin.

Ils ne trouvèrent qu'un fusil, qu'ils emportèrent. Marcel Parpaillon cachait toujours les deux autres. Les vrais, comme il disait.

Avant de prendre congé, le capitaine Durinteau le prit par le bras et l'emmena en direction du potager, les yeux baissés, sans rien dire, avant de s'arrêter, soudain, et de laisser tomber :

« Y a une chose que je n'arrive pas à comprendre. C'est pourquoi vous n'avez pas vu la fumée, quand la maison de Fuchs a brûlé. C'est vous qui auriez dû donner l'alerte.

— Je suis sorti très tard de chez moi, ce matin-là.

« — Vous n'avez pas senti l'odeur de brûlé ?

— Le vent a sûrement chassé l'odeur de l'autre côté, parce que j'ai rien senti. Rien de rien. »

Le capitaine des gendarmes secoua drôlement la tête, les yeux au ciel, pour indiquer qu'il n'était pas dupe, puis :

« Je sais que c'est vous qui avez fait le coup, mais je m'en fous. Si vous saviez comme je m'en fous... »

Un gros soupir, et il reprit :

« Y a des gens, c'est normal qu'on les tue. »

En disant ça, le capitaine lui avait jeté un regard en biais, avec une expression de grande sournoiserie. C'était une ruse pour le faire avouer, cette bénédiction, et Marcel Parpaillon coupa court, avec des chevrotements d'émotion :

« Je ne suis pour rien dans cette affaire. Je n'ai pas tué ce type, je n'ai jamais tué personne. »

Après que les gendarmes s'en furent allés, le vieil homme resta longtemps assis, sur le perron d'entrée, à se gorger de soleil. Il aimait sentir ses rayons entrer au-dedans de lui, fouiller un peu partout, jusque-là où lui-même ne pourrait jamais aller.

Il était comme les fleurs de son jardin : un ciel ouvert au soleil. Il s'oubliait lui-même, avec un sourire d'imbécile heureux. Mais son sourire s'éva-

98

nouit quand le muet rappliqua en sifflotant, pour le petit déjeuner. Les bruits de roulis de la bergerie lui remplirent la tête, de nouveau. Marcel Parpaillon feignit de se passionner pour une querelle de fourmis, au-dessous de lui, afin de n'avoir pas à croiser son regard amoureux.

*

Le muet était retourné à ses moutons depuis une heure et quelques quand une petite voiture rouge coquelicot pila en crissant sur le gravier de la cour. Un jeune homme en sortit. La chemise ouverte sur le blond de sa poitrine, les cheveux coupés très court, la bouche enfantine, rassasiée d'amour. Une tête de publicité pour une marque de luxe.

Un Parisien. C'est ce que pensa tout de suite Marcel Parpaillon qui les détectait toujours de loin, à cause de leur assurance, qui frisait la morgue, de ramenard satisfait. Il savait tout, le grimpion : c'était écrit sur sa figure. Il connaissait même le nom du vieil homme :

« Marcel Parpaillon ? »

Il tendit la main, sans attendre la réponse du berger :

« Je me présente. Thomas Bergasse. Secrétaire général des Amis des Loups. Je viens enquêter sur le loup qui vous aurait prétendument causé des ennuis. J'arrive en éclaireur. Mon équipe sera là demain. »

Il monta les marches du perron avant que le vieil homme lui ait fait signe d'entrer. C'était vraiment un Parisien, il n'y avait plus de doute. Le genre pour qui la politesse est une perte de temps. Il avait à peine franchi le seuil de la porte, qu'il demandait sur le ton dégagé des grands mufles :

« Y a pas de café ?

— Non, mais je peux en faire. »

Pendant que Marcel Parpaillon préparait le café dans la cuisine, Thomas Bergasse lui parla des Amis des Loups qui se battaient pour réhabiliter la bête. Il fallait en finir avec le concubinage de la bêtise et de l'ignorance, qui, depuis des siècles, a enfanté tant de calomnies contre cette adorable créature. Il fallait que tout le monde, sur cette terre, apprenne à se connaître et à s'aimer. Y compris à aimer les loups.

Il est temps de les comprendre, après les avoir tant combattus. Sans eux, la nature est en danger, parce qu'il lui manque l'essentiel, en dehors de l'homme, tout en haut de la chaîne : des chefs.

« Vous exagérez pas un peu ? finit par ron-chonner le vieux berger dans sa cuisine.

— J'ai beaucoup étudié la question.

— C'est méchant comme tout, un loup. »

Thomas Bergasse avait des lettres et ne ratait jamais une occasion de les étaler. Avec un air appliqué, il cita Spinoza, son philosophe préféré :

« Tous les objets de la nature sont des choses ou des effets. Or le bien et le mal ne sont ni des choses ni des effets. Donc, le bien et le mal n'exis-tent pas dans la nature.

— Excusez-moi, mais je ne comprends pas bien.

— C'est tout simple. Les loups ne sont pas plus méchants que les agneaux. »

Dans sa cuisine, le vieil homme haussa les épaules en toisant la cafetière électrique, avec une expression d'accablement, avant de lâcher :

« Vous devriez demander leur avis aux agneaux. Je ne crois pas qu'ils seraient d'accord.

— Vous dites ça parce que vous avez peur. »

L'hôte marmonna quelque chose qui fut cou-vert par les toussotements de la cafetière en marche.

« L'homme nomme mal tout ce qui lui fait peur, reprit Thomas Bergasse. Il faut tuer la peur. C'est comme ça qu'on devient tolérant.

— Mais je suis très tolérant, personnellement.

— Pas avec les loups, apparemment.

— J'aime pas ces bêtes-là. »

Thomas Bergasse secoua la tête deux fois de suite avant de laisser tomber :

« Moi, je pourrais dire que je n'aime pas les bergers. »

Il secoua encore une fois la tête, puis :

« Ça ne sert plus à rien un berger. Sinon à effrayer les bêtes sauvages, pendant que le troupeau piétine les plantes, bouffe les pousses d'arbre et fait des éboulis partout. Ça démolit la montagne, votre métier. »

Il sourit pour lui tout seul :

« Je plaisante à peine. »

Il écrasa une mouche qui s'était posée sur son bras, la broya sous sa semelle et reprit, toujours en souriant :

« Vous auriez fait juge, avocat ou gestionnaire de fortune, vous seriez plus utile à la société, vous lui reviendriez moins cher, mais là, il faut bien dire… »

Marcel Parpaillon apparut, dans l'embrasure de la porte. Après un gros soupir, il dit, les yeux à moitié fermés pour mieux se concentrer, à cause de la colère qui bouillait en lui :

« Le loup qui a tué mes bêtes, vous savez, je le tuerai.

— Vous n'avez pas le droit.

— Je le prendrai.

— C'est pas légal !

— Et alors ?

— Vous avez proféré des menaces, je peux porter plainte, si je veux.

— Eh bien, portez plainte. »

Le vieil homme haussa le ton :

« On a mis des générations à se débarrasser des loups. On avait la vie tranquille. Mais maintenant que tout le monde est parti en ville, loin de la beauté du monde, vous voudriez les remettre dans nos pattes, pour qu'on ait aussi peur que vous, dans vos banlieues. Réintroduisez aussi les dinosaures, pendant que vous y êtes. C'est ça que vous appelez le progrès ? »

Thomas Bergasse hocha la tête, avec un air provocant :

« J'appelle même ça la civilisation.

— Moi j'appelle ça je préfère pas vous dire comment. »

Le maître de maison retourna à sa cuisine en ronchonnant, les yeux levés au ciel :

« Qu'est-ce que vous voulez, au juste ? Vous venger du bonheur qu'on a ? »

*

Il était dans les deux heures. Le vent recouvrait les herbes d'une grande nappe bleue et des odeurs de cuisson dansaient dans l'air. Le monde était en train de griller ou de bouillir, c'était selon, sous les feux du soleil.

Depuis le matin, on ne savait plus bien où on était. Tout se confondait dans le même éblouissement, la même incandescence. On marchait dans le ciel, au milieu des oiseaux qui crépitaient.

Les moutons semblaient pris de vertige, sous cette lumière, et pliaient leurs pattes pour mieux se fondre dans l'azur. Le gros du troupeau était couché, maintenant, et le muet le surveillait, l'air mauvais, le fusil à la main et son écureuil à la patte coupée sur l'épaule. Quand il vit la forme s'avancer dans une mer d'orties, loin des sentiers habituels, il s'agenouilla, rangea l'écureuil dans sa musette et posa l'arme à ses pieds pour pouvoir épauler plus vite, au cas où.

La forme s'approchait des moutons, à pas comptés, sous l'éclair permanent qui chauffait le ciel à blanc, dans un silence religieux.

Il tira deux fois, mais la forme continua son chemin en direction des moutons. Au troisième coup de feu, elle s'arrêta et s'écria, en se servant de ses mains comme d'un porte-voix :

« Vous êtes fou ou quoi ? Vous allez me tuer ! »

C'était Thomas Bergasse. Il venait de retirer les écouteurs de son baladeur et semblait profondément révolté. Il écoutait de la musique très fort dans ses oreilles quand les deux premières détonations avaient retenti. Après le troisième coup de fusil, il leva enfin les yeux et aperçut le muet à plusieurs dizaines de mètres de lui, le canon pointé dans sa direction.

Il hurla à nouveau, mais en agitant les bras, cette fois :

« Si vous avez décidé de m'assassiner, vous pourriez me dire pourquoi ? »

Le muet roulait de gros yeux étonnés : la forme était un homme, et du genre qu'il n'aimait pas, à en juger par la voix. Il serra très fort le fusil entre ses mains.

Il ne pouvait voir l'homme en contre-jour, avec tout ce soleil qui lui brouillait la vue, mais il l'imagina à peu près tel qu'il était : grand, assez beau, plutôt balèze et très vaniteux. C'est fou ce que la voix peut en dire long sur quelqu'un. Souvent, le muet se félicitait de n'avoir pas le risque d'être trahi, un jour, par la sienne.

« Vous ne pourriez pas arrêter de me viser ? »

Il n'avait quand même pas l'air rassuré, l'olibrius, et le muet décida de faire durer le plaisir. Il avait envie de le tuer. L'envie du doigt sur la détente, quand il se prend pour le maître du monde. Mais ça finirait sûrement par lui passer. Mieux valait attendre voir. Il avait tout le temps.

*

Marcel Parpaillon faisait sa sieste, tout habillé sur son lit, dans la position du saint gisant, quand un fourgon à bestiaux s'arrêta dans la cour en klaxonnant : Christophe Sauze, le maquignon de Castellane, venait livrer l'âne qui lui avait été commandé deux jours plus tôt.

Le vieil homme descendit, le cœur battant. Un âne, c'est comme un chien. Un mariage pour la vie. Il fallait qu'il soit à la hauteur.

Il l'était. Marcel Parpaillon le sut au premier coup d'œil, après que Christophe Sauze eut ouvert la porte du fourgon. C'était un âne de Provence avec la croix noire de Saint-André sur le pelage du dos. Une belle bête de trois ans, avec un regard à tomber par terre, tout plein de cette tristesse langoureuse qui nous émeut tant, parce qu'on y a reconnu la nôtre.

« Comment il s'appelle ?

— Origène. »

Les sourcils du vieil homme se dressèrent, pleins de perplexité. Christophe Sauze l'informa, sur un ton confidentiel :

« Il est castré et Origène est, à ce que m'a dit l'ancien propriétaire, un philosophe de l'Antiquité qui s'émascula pour écarter la tentation du mal. Un gars très ascète, qui a mis ses idées en pratique, ma foi.

— C'est pas un peu compliqué, comme nom ?

— Il me semble pas. Il y répond et, en plus, il comprend plein de trucs. Vous avez affaire à une bête très intelligente, vous savez. Très intelligente et très courageuse. »

Avec Origène, les chiens errants et tous les ennemis du troupeau n'auraient plus qu'à bien se tenir. Avec ses oreilles comme des antennes, il les entendrait venir de loin et annoncerait leur arrivée en poussant des braiments effrayants. S'ils s'approchaient, il irait leur courir après, toutes dents dehors, pour les mordre. Sans oublier de leur envoyer au passage de méchantes ruades ou des coups de tête.

« Je crois qu'on va bien s'entendre », murmura le vieux berger en lui palpant la crinière.

Une fois l'âne payé, il partit avec lui rejoindre le troupeau.

Le muet tenait encore Thomas Bergasse en joue quand Marcel Parpaillon et son âne arrivèrent sur le mamelon. Un petit vent doux avait chassé l'air brûlant de midi. Il caressait les têtes et les branches avec beaucoup de prévenance. Sa tiédeur coulait partout, comme du jus.

Les moutons s'étaient remis à paître et les oiseaux à piapiater. Les uns travaillaient, les autres chantaient. Ici aussi régnait l'injustice, comme ici-bas, mais celle-là était naturelle et joyeuse.

À la vue du vieil homme, Thomas Bergasse reprit ses hurlements, dans sa mer herbeuse :

« Vous pourriez demander à ce type d'arrêter de me viser avec son arme ? »

Marcel Parpaillon était encore trop loin. Il continua d'avancer en souriant.

« Je recherchais des traces de loup, quand ce type s'est mis à me tirer dessus. Faites quelque chose, je vous en conjure. C'est intolérable ! »

Le vieil homme ne répondit rien, tout occupé à tirer la corde d'Origène qui traînait des sabots, avec une grimace d'âne rouge.

Un silence. On entendait juste le vent qui venait se frotter aux visages et faire des chatouilles aux chevilles avant de repartir de l'autre côté de la montagne. On aurait aimé qu'il s'arrête un peu, mais il fallait donner son content à tout le monde. Rien ne pouvait interrompre sa tournée, pas même les lis ou les nigritelles qui s'offraient à lui en se trémoussant de la tige.

Du vent comme ça, on n'en trouve que dans le Mercantour, et encore, pas partout. C'est du bonheur qui passe : ça vous bécote partout, vous serre dans ses bras, et vous emmène danser sur le toit du monde avant de vous laisser étourdi, avec des suçons partout. Il suffit de le respirer et on se sent immense, avec un plein bon Dieu de joie qui gonfle vos poumons.

Marcel Parpaillon était tout grisé. Encore un peu, il serait ivre.

« Qui est ce type ? gueula Thomas Bergasse. Vous le connaissez ?

— C'est mon berger.

— Eh bien, dites-lui de baisser son arme, à votre berger. Tout de suite ! »

Le muet tourna la tête, une seconde, en direction du vieil homme. Il attendait les ordres. L'autre se gratta la tête, pour montrer qu'il réfléchissait, puis :

« S'il vous menace, y a sûrement une raison.

— Y en a pas. Demandez-lui !

— Je peux pas. Il est muet. »

Thomas Bergasse poussa un grand cri qui aurait hérissé les herbes si le vent ne les avait mises en pâmoison, au même instant, sous ses petits baisers et papouilles légères.

« Laissez-moi partir ! »

Le vieil homme s'approcha du muet, le regarda droit dans les yeux, puis, quand il crut comprendre ce qui s'était passé, tourna la tête et s'adressa à Thomas Bergasse :

« On vous laissera partir quand vous nous aurez dit à quoi on reconnaît une ânesse en chaleur.

— Pardon ?

— Vous avez bien entendu. »

Une espèce de ricanement courut sur le flanc de la montagne. Les ancolies se tordaient à en perdre leurs pétales. C'était juste le vent, mais ça vexa quand même Thomas Bergasse :

« Comment voulez-vous que je sache ?

— Réfléchissez.

— Je ne sais pas, moi. Je ne suis pas un spécialiste des ânes, mais des loups, que voulez-vous que je vous dise. »

Une dizaine de secondes s'écoulèrent, pendant lesquelles le vent passa deux fois de suite, très vite, comme s'il courait après quelque chose.

« Quand elle est en chaleur, l'ânesse a le derrière qui se tortille, finit par dire Thomas Bergasse.

— Non. C'est la chatte qui fait ça. Vous confondez. »

Thomas Bergasse s'époumona, soudain :

« Tout ça, c'est pour m'humilier !

— Je veux juste une réponse. »

Un crime était en train de se commettre dans les hautes herbes, sous un grand rocher : le cri strident d'un lapin mourant déchira l'air, qui trembla un moment. Les fleurs frissonnèrent, les feuilles aussi, et, quand tout fut revenu à la normale, Thomas Bergasse s'écria :

« Je donne ma langue au chat.

— Eh bien, vous êtes plus con qu'un âne bâté, parce que même lui, figurez-vous, il sait reconnaître une ânesse en chaleur. »

Marcel Parpaillon rit à pleines dents, le muet aussi, mais plus discrètement. C'était une blague que lui avait fait, il y a plus de la moitié d'un siècle, un gars de Marseille, représentant en matériel agricole, et le vieil homme la resservait souvent, avec le même succès.

D'un geste, il indiqua à Thomas Bergasse qu'il pouvait s'en aller. Le secrétaire général des Amis des Loups s'éloigna avec l'air de la dignité offensée, avant d'accélérer le pas, puis de se mettre à courir. Quand il fut à distance respectueuse, il s'arrêta et hurla en direction du vieux berger :

« Vous entendrez parler de moi ! Inutile ! Roloto ! Parasite ! Subventionné !

— Subventionné vous-même ! »

Marcel Parpaillon haussa les épaules, puis présenta Origène au muet qui tourna autour, en le reniflant. Il reniflait toujours les bêtes quand il faisait leur connaissance. On aurait dit qu'il cherchait au-dedans d'elles, avec ses narines, quelque chose de très secret, qu'elles ne voulaient pas dire.

*

Le soir, Marcel Parpaillon choisit les deux plus beaux poulets de sa basse-cour et, après leur avoir demandé pardon, comme il le faisait toujours avant de tuer ses bêtes, leur trancha la tête, les pluma, les vida, puis les mit à rôtir au four. Quand il les en sortit, ils dégageaient cette odeur enivrante qui emporte les poumons au-dessus de soi, dans un monde de vibrations. Il enduisit de strychnine leur carcasse croustillante et les déposa devant la bergerie, comme auparavant le lapin, qu'il se souvint d'avoir oublié sur sa branche d'arbuste, dans le sac en plastique. Lorsqu'il l'enterra dans le jardin, derrière la maison, sa main

112

tremblait sur le manche de la bêche. C'était l'âge. Mais c'était la rage aussi, après avoir entendu dans la bergerie, au milieu des clameurs du troupeau, les petits cris habituels des corps mélangés de Juliette et de Mohammed VI.

CHAPITRE VII

Le lendemain fut un drôle de jour, comme il y en a deux ou trois par an. Un jour où le monde s'arrête, quand plus rien ne bouge ni ne respire. Les arbres se figent. La chair des prés se crispe. Les fleurs, même les plus moches, posent pour la postérité. Les oiseaux deviennent leurs propres sculptures, sur les branches. La vie s'arrête, soudain, de courir partout en même temps.

C'en est fini, d'un coup, des copulations de la faune et de la flore. Il ne reste plus qu'un grand vide sur la terre. La lumière a tout éteint, jusqu'au-dedans des montagnes. Elle a chassé le vent, et la vie avec. On n'entend plus les battements ni le pouls du monde, qui a cessé de respirer.

Il n'y a guère que la croûte de la terre, qui bouge encore. Sous son pelage herbeux, des tas d'univers continuent de grouiller, avec l'affolement si particulier des citadins à la sortie du travail, en fin de semaine. Ils sont très pressés. Ils ont beaucoup à faire. La vermine n'arrête pas.

Marcel Parpaillon aimait bien le grand calme de ces jours-là, quand le rien prend le dessus sur le tout. Il avait le sentiment de se mélanger au monde, en redevenant vraiment lui-même. Il ne trouvait jamais mieux sa plénitude que dans le néant.

Ce jour-là, par exemple, après avoir ramassé les poulets à la strychnine qui n'avaient pas été touchés, il resta longtemps, un chapeau de paille vissé sur la tête, le cul posé sur un tronc d'arbre, à regarder les légumes de son potager se gorger de soleil, sous leur étincelant vernis.

Les aubergines rutilaient comme des gros saphirs à la vitrine d'un bijoutier. Les courgettes ruisselaient de sève amoureuse, en exhibant leur conséquent derrière. Les tomates affichaient leur bonheur dodu, avec des impudences de tapineuses. Parfois, elles ne se tenaient plus, pétaient tout leur saoul et faisaient sous elles.

Ils se prenaient pour le centre du monde, les légumes de Marcel Parpaillon. Parce qu'ils n'étaient que des légumes. Le vieil homme, lui, avait compris depuis longtemps que la seule solution pour se trouver, ici-bas, est de s'oublier dans une sorte de mort, d'anéantissement volontaire.

Il y a des jours où c'est plus facile. Souvent, quand il fait beau. Après avoir levé son séant, sur le coup de midi, parce que le soleil tapait trop fort, Marcel Parpaillon éprouva la sensation exquise d'avoir quitté son corps.

C'était si bon. Il se sentait comme mort. Il ne restait plus qu'à mourir.

*

Après la sieste, il s'en alla retrouver le muet et son troupeau, sur le mamelon. Avant d'arriver, il comprit qu'une tragédie venait de se produire : Mohammed VI courait à sa rencontre, l'air hagard, le fusil à la main, en poussant des cris de singe, tandis que les chiens aboyaient après la grosse montagne velue qui les surplombait.

C'était Puce, l'une des filles de Trésor. Une petite boule de poils noirs, qui rigolait souvent, toutes canines dehors. Elle avait été déchirée et dépecée pour devenir une espèce de peluche saignante qui gisait parmi les ancolies, avec un os qui pointait au milieu, comme un bâton de drapeau.

« Et Origène ? demanda le vieil homme. Il n'a rien dit, rien fait ? »

Le muet lui indiqua par des signes, accompagnés de borborygmes, que l'âne avait prévenu du danger, mais trop tard. L'attaque avait été très rapide. Du travail de professionnel.

« Y a qu'une chose à faire, dit le vieux berger en caressant la peluche saignante, avec l'air de chercher quelque chose. On va arrêter d'emmener les bêtes à paître par ici. À partir de maintenant, on ira aux Aubias. »

Le muet leva les sourcils en étendant le bras.

« Je sais que c'est loin, continua-t-il, mais on n'a pas le choix. C'est plus dégagé, les Aubias. Y a pas de bosquets ou de rochers partout pour se cacher et puis nous prendre en traître. Y a que de l'herbe, rien que de l'herbe. Là-bas, on sera tranquille. »

Il posa sa main sur l'épaule du muet, puis :

« Demain, j'aurai le chien à loups que je t'ai dit. Avec lui, l'âne et les fusils, on sera paré. Il faudrait être fou pour venir encore nous embêter. Surtout aux Aubias. »

Mohammed VI pleurait à grande eau. Le vieil homme vérifia que personne ne les observait alentour et l'embrassa sur la joue, près de la bouche, en rougissant.

*

La matinée était bien avancée, le lendemain, quand arriva le curé, dans sa vieille voiture pourrie. Un homme qui ne sentait pas la rose et ne buvait jamais d'eau, à en juger par son haleine avinée, mais qui inspirait tout de suite le respect, partout où il passait. Sans affectation, il irradiait de tout son être cette qualité qu'on ne rencontre que chez les mères, et encore, pas toujours : la capacité à aimer sans rien attendre en retour, en renonçant à soi. Le seul amour qui vaille. Le vrai.

Tous les humains étaient ses enfants, les chiens et les chats aussi. Ça faisait beaucoup de monde à s'occuper et une certaine lassitude tirait son visage, vers le bas mais aussi vers le haut. Il était toujours un peu débordé, l'abbé Rikonovski.

« Alors, les ennuis continuent », dit le curé, sur un ton vaguement interrogatif, la tête baissée pour se faire plus petit, tandis que le vieil homme venait à sa rencontre.

« J'ai essayé le poison, mais ça ne donne rien. Je vais me mettre au piège à loup.

— Parce que vous êtes sûr que c'est un loup, maintenant ?

— Je vous dirai tout à l'heure. »

Il invita le curé à prendre un verre de pastis au frais, dans sa maison. L'abbé Rikonovski attendit pour répondre que Marcel Parpaillon se fût assis à la table de la salle à manger :

« Je sais que c'est un loup. Sinon, un homme. La chose a trop de haine, vous comprenez. Elle tue pour le plaisir. Y a aucun chien qui serait capable de ça, à part Titus, le chien du regretté Fuchs. »

Le vieil homme posa sa bouteille de pastis et un verre sur la toile cirée.

« Vous ne prenez rien ? demanda le curé, étonné.

— C'est trop tôt.

— Vous m'étonnez…

— J'ai mal à la tête.

— Raison de plus. »

Marcel Parpaillon apporta un second verre.

« C'est très chrétien, de boire, reprit le curé. La Bible chante le vin. Elle pousse même à la consommation. »

Le vieil homme secoua la tête, avec un sourire attristé pour lui signifier qu'il appréciait modérément son humour.

« Si les gens prenaient la peine de la lire, insista le curé, ils verraient que la Bible est pleine d'invitations à l'ivrognerie. Dans le Livre des Proverbes, par exemple, il est écrit : "Procure des boissons fortes à celui qui va mourir, donne du vin à qui est dans la tristesse, qu'il boive, qu'il oublie sa misère, qu'il ne se souvienne plus de son malheur." Si vous voulez, je peux vous citer, de tête, d'autres recommandations du même tonneau…

— C'est bon, ronchonna l'autre. Je vous crois. »

Après une lampée, puis une grimace, Marcel Parpaillon reprit :

« Les malheurs me poussent pas à boire, moi. Je dois pas être aussi croyant que vous.

— Ce n'est pas une excuse. »

Qu'entendait-il par là ? Le vieil homme se le demandait, quand il s'aperçut que le curé avait déjà sifflé son verre. À peine l'avait-il rempli de nouveau que l'abbé Rikonovski en but la moitié, d'un trait, avant de souffler :

« Chaque fois que je bois, je me rapproche de Dieu.

— C'est pas un peu exagéré ?

— Dans le Livre du Siracide, il est écrit : "Qu'est-ce qu'une vie où manque le vin ? Il a été créé pour la joie des humains." On ne peut pas mieux dire. »

Le curé termina son verre, qu'il tendit derechef au vieux berger pour qu'il le lui remplisse.

« N'écoutez pas les culs cousus et les punaises de bénitier, dit-il. Il faut boire, dans la vie. Surtout

120

quand on vient de connaître, comme je l'ai lu dans le journal, autant de malheurs que vous.

— L'article est paru ?

— Sur quatre pages. Avec plein de photos. En plus, ça fait la couverture. C'est parti pour devenir une grosse affaire nationale, votre histoire. Mais je me demande quand même si vous n'y êtes pas allé un peu fort, contre les loups.

— Vous n'allez pas vous y mettre, vous aussi.

— C'était juste une interrogation. Vous savez sûrement mieux que moi. Vous êtes un homme des montagnes… »

Le vieil homme ne répondit rien, en le regardant noir, avec l'air d'avoir un pet qui court.

« Bon, finit par dire le curé, je n'étais pas venu pour vous parler des loups, mais de Rafic.

— Le copain de Mohammed ?

— Y a qu'un Rafic dans la région, vous savez bien. »

Le curé reprenait le dessus, maintenant. Il laissa un petit silence s'écouler, puis :

« Rafic a été arrêté, hier, pour le meurtre de Fuchs et ça me mange les sangs parce que je sais qu'il est innocent. Je l'ai eu, quelque temps, comme enfant de chœur, vous savez. Il est musulman, mais à cette époque je n'avais personne pour servir la messe avec moi, et il s'était tout de suite proposé. Un garçon adorable. Franchement, je ne le vois pas tuer quelqu'un.

— Mais Fuchs, c'était même pas quelqu'un, et tout le monde avait envie de le tuer. Lui et puis son chien, surtout.

— Je suis sûr que vous pouvez m'aider à mettre Rafic hors de cause.

— Pourquoi moi ?

— Parce que vous connaissiez bien Fuchs, et que vous savez peut-être qui est l'assassin. »

Le curé éleva la voix, soudain :

« Il faut empêcher une erreur judiciaire, vous comprenez.

— Je n'aime pas les erreurs judiciaires », opina le vieil homme.

L'abbé Rikonovski le soupçonnait, il n'y avait pas à tortiller. Marcel Parpaillon se mura dans un mutisme d'où le curé, malgré tout son bagou, ne put le faire sortir. Quand il ne voulait rien dire, le vieux berger ne le disait pas.

CHAPITRE VIII

Les ennuis arrivent toujours quand on commence à parler. C'est rassurant, d'ouvrir son cœur, et puis ça fait du bien partout. On se sent la tête légère. La respiration devient plus facile. Le sang circule mieux. On transpire moins. Mais ça finit par tuer l'amour, la parlote, car l'amour n'aime rien autant que le silence.

Taisez-vous, les amoureux ! Regardez-vous aussi longtemps que vous voulez, les yeux dans les yeux, mais taisez-vous ! L'amour pardonne tout, sauf les bavardages. Ou bien les bruits. Le tumulte est son tombeau, et Juliette Benichou se disait souvent qu'elle risquait de perdre la fleur de sa vie, comme elle l'appelait, à force de lui conter fleurette, l'œil marécageux.

Elle ne le faisait pas exprès. Elle avait toujours quelque chose sur le bord des lèvres. Depuis deux jours, elle tentait de se soigner en écrivant tout ce qui lui passait par la tête et, ce matin-là, ça donnait ceci, entre autres :

« Je me sens comme un papillon amoureux d'une étoile. Regarde comme je bats de l'aile. Je suis en train de sécher sur pied, si loin de toi. Descends, fleur de ma vie, descends vite, je ne peux pas monter plus haut. »

*

Les herbes dansaient au son de la flûte du muet et, au-dessus des fleurs extasiées, mouches, abeilles et papillons s'en donnaient à cœur joie, dans toutes les figures, avec des entrechats, tortillés, gambades et cabrioles. À cet instant, alors qu'il se sentait l'homme le plus puissant du monde, Mohammed VI laissait pourtant courir dans sa tête, en les chantant au-dedans de lui, ces vers de son invention, pour Juliette :

> *Tu es mon tout*
> *Je suis ton rien*
> *Nous serons nous*
> *Un seul destin.*

Bien sûr, ça n'était pas grand-chose, ce poème, mais le muet avait le sentiment que le ciel se soulevait de bonheur et que la terre s'ouvrait au venir des vertiges, pendant qu'il se le chantonnait, en le soufflant dans sa flûte.

*

Alors qu'il était au potager à cueillir des tomates, le vieil homme dressa l'oreille. Il entendait quelque chose, derrière le concert des bruants, des merles et des traquets.

Oui, c'était bien ça. La voix de sa femme morte qui lui murmurait des mots d'amour au-dedans de sa tête. Elle voulait lui parler, de toute urgence.

Elle voulait souvent lui parler, ces temps-ci. Il paraît que les morts se pressent autour de vous, toujours à dégoiser, quand on arrive à son couchant. C'était peut-être le signe.

Le signe ou bien le soleil.

*

La vie est une maladie grave. La seule dont on guérit sans se soigner. Depuis la nuit des temps, on ne connaît encore personne qui ne s'en soit pas remis. Marcel Parpaillon était en train de s'en sortir. Il somnolait sur un banc, tout plein d'un mélange de fatigue et de bonheur, quand débarquèrent, en fin de matinée, Vincent Sauvagnolle, le maire, et un gros bonhomme à tête de furoncle, qui se présenta comme médecin des hôpitaux, de l'assistance publique, de la sécurité sociale et d'autres choses encore.

Il y a des gens, il suffit qu'ils rappliquent pour vous donner la migraine ou envie de dormir. Parfois, de mourir. Marcel Parpaillon éprouva, à la vue de ceux-là, toutes ces sensations en même temps. Il est vrai que le maire n'était pas venu lui conter goguette. Vincent Sauvagnolle était même très en colère contre lui, à en juger par sa façon de souffler sans arrêt, entre ses lèvres pincées. Il avait la chèvre, mais faisait un grand effort sur lui-même pour ne pas injurier le vieux berger qui l'avait pris en traître avec son entretien dans *L'Éclair de Barcelonnette*.

« Vous avez porté un coup très rude à notre économie », soupira Vincent Sauvagnolle, avant de secouer, pour marquer son mécontentement, sa houppelande d'écureuil, sur la nuque.

La réponse attendue ne venant pas, le maire reprit, sur le même ton plaintif :

« J'avais des projets d'implantation, pour notre commune. Des maisons de retraite et des centres

126

de colonies de vacances. Tout ça est à l'eau, maintenant. Franchement, qui c'est qu'a envie de prendre le bon air au milieu des loups en furie ? Personne ! »

Le gros médecin opina, avec l'air de la consternation affligée. Il semblait très affecté aussi.

« C'est affreux, poursuivit Vincent Sauvagnolle. J'ai l'impression que des années de travail acharné pour faire quelque chose de notre commune ont été anéanties d'un coup, par votre faute.

— Et moi ? s'indigna le vieil homme. Vous ne croyez pas que c'est une vie entière qui a été foutue en l'air par vos bêtes ? »

Le maire eut un hoquet de protestation, puis :

« Mes bêtes ! Mes bêtes ! Comme vous y allez ! Si ce sont des loups qui ont fait ça, ce qui reste à vérifier, sachez que je n'y suis pour rien. Ces loups, ce sont les loups de la connerie contemporaine, qui transforme les campagnes et les montagnes en réserves ou en parcs de loisirs. Nous sommes les nouveaux Indiens, vous comprenez. Les idiots des villes aiment bien nous visiter, mais il ne faut pas qu'on leur gâche le paysage. »

Vincent Sauvagnolle fit quelques pas en direction du perron, le médecin sur les talons. Marcel Parpaillon ne bougea pas. Il n'était pas question de les inviter à entrer chez lui. Il resta à sa place, raide comme la mort, en les regardant de travers. Arrivés devant l'entrée de la maison, ils se retournèrent et, après un mouvement d'hésitation, rebroussèrent chemin, les mains derrière le dos, l'air faussement distrait.

Le maire laissa tomber avec compassion :

« Finalement, je vous comprends plus que bien. La vie devient très difficile pour les gens comme vous, c'est indubitable. Surtout à votre âge. C'est pourquoi j'ai pensé à quelque chose qui pourrait vous arranger, avec mon ami le docteur Rhinehart… »

Le furoncle sourit. Il était sur le point d'éclater de partout, sous sa peau rougeaude, mais enfin, il souriait. C'était très émouvant.

« Il est temps que vous songiez à vous retirer, reprit Vincent Sauvagnolle. À vous occuper un peu de vous. À profiter de la vie. Vous n'allez quand même pas continuer à travailler jusqu'à plus d'âge. »

Il n'avait plus le même ton qu'auparavant, le maire, ni le même regard. Il était tout sirop.

« J'ai des tas de responsabilités, observa le vieil homme, sur ses gardes. Un gars, un troupeau et puis un âne, maintenant.

— On s'occupera de tout. Si vous le voulez bien, le docteur Rhinehart va vous examiner et vous poser quelques questions. Après, on va vous trouver un endroit très calme, où vous pourrez souffler, vous détendre et vous soigner.

— Mais je ne suis pas malade.

— Non, mais vous êtes surmené, c'est indubitable.

— Je me sens très bien, parole.

— Quand on est surmené, on ne le sait pas toujours. »

Le furoncle renchérit, d'une voix de baryton :

« Le surmenage, ça vous prend toujours par-derrière. C'est une maladie très sournoise, une sorte de cancer de la tête. Ça ne se déclare pas, non, ça vous ronge en secret pendant des années et puis le jour où vous comprenez que vous êtes tout bouffé, jusqu'au fond de l'âme, il est trop tard. C'est pourquoi il vaut mieux prévenir.

— Si je comprends bien, rigola le vieil homme, vous voulez m'enfermer chez les fous, c'est ça ? »

Le furoncle bredouilla quelque chose, qui partit dans le vent. Le maire secoua ses cheveux rouges et haussa les épaules :

« Vous voyez, votre réaction est tout à fait révélatrice de votre état nerveux. Nous ne vous voulons que du bien, le docteur Rhinehart et moi. Il vous faut juste de la tranquillité.

— Je vous dirai quand j'en aurai besoin », dit Marcel Parpaillon en tendant la main au maire, pour signifier que la conversation était terminée.

En retournant à sa voiture avec le docteur Rhinehart, Vincent Sauvagnolle avertit, l'air exaspéré :

« En attendant, je ne vous demande qu'une chose. Ne plus accepter les contacts avec la presse. Ne pas donner de photos et ne pas répondre aux questions. C'est un service que vous rendrez à votre commune, mais aussi à vous-même. En salissant notre commune, sachez-le bien, les journalistes vous salissent aussi. Ils salissent tout. Ils ne le font pas exprès. C'est leur métier qui veut ça. Ils ne vivent que de la haine, du malheur et de l'envie. Alors, ne vous trompez pas d'ennemi. Je compte sur vous. »

En les voyant partir, le vieux berger se sentit tout requinqué, d'un coup. Il se disait qu'il arriverait à mourir vivant. Peut-être même debout.

*

Adrien Mitscherlich arriva, une heure après, la clope au bec. Il avait été envoyé par Vincent Sauvagnolle, ça crevait les yeux. Le même air exaspéré, avec les soupirs afférents.

Le vétérinaire tendit la main au vieil homme en marmonnant, sans le regarder :

« Faut que j'examine les moutons.

— Ils sont à la montagne.

— Vous m'emmenez ?

— Non. Ils sont trop loin. Je peux pas marcher comme ça. »

Il ne mentait jamais bien, Marcel Parpaillon. Adrien Mitscherlich sourit.

« Pourquoi vous voulez les voir, mes bêtes ? » demanda le vieil homme, l'air inquiet.

Après un moment de réflexion, le vétérinaire répondit, en regardant la montagne :

« Y a de la tremblante et de la fièvre aphteuse dans la région. La préfecture m'a demandé de faire des tests sur les troupeaux. »

Marcel Parpaillon chercha ses yeux, sans succès, puis demanda d'une voix hésitante :

« Et si les tests étaient positifs ?

— On abattra le troupeau.

— On faisait pas ça dans le temps.

— C'est les ordres. Pour rassurer le consommateur. »

Sur quoi, Adrien Mitscherlich retourna à sa voiture sans dire au revoir, avant de laisser tomber, quand il eut ouvert la portière :

« Je reviendrai demain matin. »

*

Le soleil emplissait la vallée et la serrait si fort que ça giclait partout. Des étincelles, des rayons, des berlugues. On n'y voyait plus rien. Marcel Parpaillon ferma les volets, s'assit à la table de la cuisine et parla longtemps dans sa tête avec sa femme morte.

C'était un jour à reproches. Sa femme morte vidait son sac et il semblait très lourd. Pourquoi avait-il passé tout un dîner à regarder une traînée de cousine, le 12 décembre 1959 ? Elle ne lui pardonnerait jamais. Et le 4 septembre 1961 ? Pourquoi était-il rentré si tard de Marseille avec cette horrible odeur de parfum ? Il sentait la cagole, cette nuit-là, et ça lui tordait les boyaux rien que d'y penser. Où était-il passé dans la nuit du 2 avril 1963, quand il avait prétexté une panne de batterie pour justifier son retard ? Panne de batterie, mon œil ! La liste des méfaits de Marcel Parpaillon ne cessait de s'allonger. Elle n'oubliait de s'en ramentevoir aucun. Il avait réponse à tout, mais ne paraissait pas la convaincre.

Ça dura jusqu'au chien. Il fut livré par son maître, un berger de Saint-André-des-Alpes, qui se rangeait des moutons. Un jeune aux cheveux très

132

noirs, avec des poils sur le front et dans les oreilles. Tout estransi de quitter le métier. Mais il en avait assez de ne donner que des regardelles à manger à sa bordée d'enfants : ça n'a jamais nourri long-temps, l'espérance.

Il commençait à raconter sa vie quand le vieil homme l'avait arrêté :

« Et si on parlait du chien ? »

Un patou des Pyrénées avec des yeux d'agneau et une cape de brebis, mais une gueule comme un grand trou brûlant d'où coulait une grosse langue rose.

Une petite mer de bave s'étendait sur le carre-lage, au-dessous du museau. De la bonne bave sentimentale. Il était à tomber par terre, avec toute cette bonté qui émanait de lui.

Mais c'était un dur de dur, malgré les appa-rences. Un jour qu'une meute de chiens avait tourné autour de son troupeau, il se les était pris un par un, pour les tuer, avec une sûreté de pro-fessionnel. Un guerrier. Il s'appelait Napo.

*

La vierge royale montait au ciel avec une rivière de mâles à sa suite. De temps en temps, quelques-uns décrochaient et tombaient, comme des gouttes.

C'est fatigant, l'azur. Surtout pour ces choses gloutonnes et feignantes qu'on appelle les mâles. Pendant que les femmes bossent, ils bullent. Des parasites. Avec ça, égoïstes et irresponsables.

Les abeilles en ont compris l'usage. Dans leur monde, les mâles ne servent qu'à l'amour. C'est ce qu'ils font de mieux, et encore, pas toujours. Après, il faut les tuer. Si, par malheur, elles les laissent vivre, c'est signe qu'elles sont dégénérées et que leur ruche est au bout du rouleau.

Une fois par an, les abeilles massacrent donc leurs mâles, tous, jusqu'au dernier. Quant à l'heureux élu, celui qui a eu l'honneur d'engrosser la vierge royale, il ne s'en sort même pas. Il meurt d'amour, ce que les hommes ne savent même pas faire.

Lorsque celui-là eut pénétré sa promise, tout en haut du ciel, après avoir survécu aux autres, son pénis se détacha, son corps se vida et ses entrailles s'écoulèrent. De la rosée de mort et d'amour tomba du ciel.

*

Étendue sur son lit d'ancolies, Juliette Benichou s'essuya le front, avec une expression de dégoût :

« Y a quelque chose de dégoûtant qui vient de me tomber dessus. Une crotte d'oiseau, sûrement. »

Maintenant, elle se sentait sale, en plus du reste. Après s'être roulée dans les herbes et les fleurs, elle avait le dos tout cabossé et les coudes en compote. Allongé à côté d'elle, le muet aussi avait l'air très fatigué.

On aurait dit qu'ils venaient de faire le tour de la terre à bicyclette.

*

Patricia Gonzales, la factrice, passa à la ferme, sur le coup de midi, avec une lettre recommandée pour le muet : elle venait du palais de justice de Digne-les-Bains. Une mauvaise nouvelle, c'était évident.

Le vieil homme la fourra sans précaution dans la poche de son pantalon, en levant des yeux accablés :

« Il ne manquait plus que ça. »

Quelques minutes plus tard, il partit retrouver le muet, avec la lettre recommandée et le patou des Pyrénées. Il garda les yeux plissés tout au long du chemin, pour bien voir : la lumière brouillait tout. Quand il arriva aux Aubias, où le troupeau au travail donnait son concert de sonnaillade, il tomba, au bout de quelques mètres, sur Juliette et Mohammed enroulés l'un dans l'autre, sur le pré, en train de s'embrasser.

Ils se levèrent tous deux précipitamment, l'air gêné.

« Allez, ça va, grogna le vieux berger. On a tous connu ça. »

Il tendit la lettre recommandée à Mohammed VI. La mauvaise nouvelle se confirmait rien qu'à voir le visage du muet lisant. Sans parler de la figure de Juliette, par-dessus son épaule.

Quand il lut la lettre à son tour, Marcel Parpaillon finit par laisser tomber, après un silence :

« Y a qu'une chose à faire. Partir en montaison. »

Le muet secoua la tête en montrant ses canines. Le vieil homme sourit :

« Le loup ? Mais on va lui donner son compte, à celui-là, qu'est-ce que tu crois ? On va lui donner là-haut, à la patantare.

— C'est quoi, la patantare ? demanda Juliette Benichou.

— Un pays très loin. À deux ou trois jours. On part demain matin.

— Je viens avec vous.

— Je ne crois pas que ça soit raisonnable. »

Mohammed prit le bras du vieil homme et hocha le chef, à plusieurs reprises, avec un regard suppliant.

« Bon, si tu veux », grommela l'autre.

Puis, tourné vers la jeune fille, observant ses sandales :

« Mais il faudra mettre des chaussures. Avec ça, vous n'irez pas loin. »

Elle opina et il marmonna à voix basse, après s'être tourné de nouveau vers le muet :

« Le monde est une échelle qui monte et qui descend. Quand on est resté trop longtemps en bas, il faut changer d'échelle, moi je dis. Ici, y a que des emmerdes à attendre. Le loup qui tue nos bêtes. La tremblante qui menace. Le maire qui veut m'enfermer je sais pas où. Les gendarmes qui me tournent autour. Et puis maintenant un juge d'instruction de mes deux qui veut t'interroger sur la mort de Fuchs. La totale. Ce n'est peut-être pas fini. L'inconvénient, avec les mauvaises situations, c'est qu'elles peuvent toujours s'aggraver. Y a plus qu'à se tirer, petitou. »

Encore une fois, le muet secoua la tête en montrant ses canines.

« Je croyais que t'avais compris, pour le loup. Il pourra pas s'en sortir. Aucune chance. J'ai mon plan. »

137

Le vieil homme toussa un petit rire nerveux, qui bondit dans l'air et tournoya un moment au-dessus d'eux, avant de se perdre dans la mélopée des sonnailles.

CHAPITRE IX

Qu'est-ce qu'un troupeau qui part en montaison ? Une armée en campagne, qui avance sans regarder derrière, ni devant, avec une fanfare pour se donner du courage.

C'est très important, la fanfare. Jusqu'à une heure avancée de la nuit, le vieil homme et le muet préparèrent la musique, pour l'expédition du lendemain, en enfilant les colliers de bois, avec leurs sonnailles d'estive, aux bêtes qui allaient ouvrir la marche.

Les cadets castrés, avec les trois grosses touffes de laine noircies à l'huile de lin qui trônaient sur leur dos. Les chèvres et les boucs de Rove, avec leurs cornes comme des ailes qui leur donnaient des airs d'oiseaux avant l'envol. L'âne, enfin. C'étaient les généraux, les éclaireurs et les troupes d'assaut de l'armée des moutons.

Selon des critères connus de lui seul, Marcel Parpaillon décidait que la cloche grave du tabasson irait à l'un ou que la cloche aiguë du picon irait à l'autre. Un troupeau en marche, ça n'est pas juste de la musique, mais toute la musique avec tous les mouvements en même temps. Le largo devant, l'adagio sur le côté, l'andante par ici et l'allégro par là. Sans oublier le scherzo. Il faut savoir tout mélanger, et, pour ça, anticiper l'emplacement de chaque bête, avec sa sonnaille. Le vieux berger était un artiste de la sonnaille.

*

Le lendemain, ils partirent dans les quatre heures du matin. L'air était comme une eau que les poumons ensommeillés buvaient à grandes goulées, pour se réveiller. C'était si bon que, parfois, ça geignait de plaisir, dans la poitrine. Il fallait en profiter. Bientôt, ils n'auraient plus que le soleil à respirer.

Le vieil homme ouvrait la marche. D'une main, il tenait sa houlette, deux mètres en bois d'arbousier avec un crochet de fer au bout, pour attraper les pattes des brebis en goguette. De l'autre, la bride d'Origène, qui portait sur son bât le sel des brebis, les filets de chasse et les provisions pour un mois. Derrière, Napo collait aux basques, en aboyant de temps en temps, pour le principe. On aurait pu croire que c'était un tire-au-flanc qui laissait les autres chiens accomplir le travail. Il avait juste très peur de perdre son nouveau maître.

Mohammed et Juliette fermaient la marche. Parfois, ils s'arrêtaient pour s'embrasser à bouches folles, mais ils n'oubliaient jamais de garder un œil sur les brebis qui traînaient ou les chèvres qui avaient leurs lunes.

*

Quand les heures chaudes arrivèrent, le troupeau s'arrêta, pour la pause, devant un petit lac, au lieu-dit le Pisse-Droit. L'eau était transparente et on ne savait plus bien qui était qui au milieu des reflets d'argent qui dansaient dans la lumière et l'onde : elles formaient le même corps joyeux, avec plein d'êtres qui froufroutaient dedans.

Ça doit être comme ça, le paradis. Des baisers d'eau et de vent qui vous emmènent très loin, au-delà de vous.

Marcel Parpaillon cligna de l'œil à Juliette Benichou qui respirait très fort, pour ne rien rater de tout ça :

« C'est vrai que c'est beau, mais la patantare, vous verrez, c'est encore plus beau. »

*

Après la sieste, le vieil homme entra dans le ciel du lac pour parler aux truites. Il resta longtemps, la tête sous l'eau, à leur raconter des histoires en remuant doucement les bras, comme elles aimaient, mais aucune ne vint l'écouter. Ça le trista, comme on disait jadis.

« Avant, ça grouillait de truites, par ici, dit-il en sortant de l'eau. Il y en avait des fleuves. Peut-être que je suis trop vieux et que je ne les intéresse plus, avec mes discours. »

Juliette Benichou protesta :

« Je suis sûre qu'il n'y en a plus. Sinon, elles seraient venues. »

Elle avait toujours les mots qu'il fallait. Il souffla dans sa direction un petit baiser volant, qu'il feignit de rattraper ensuite, d'un geste de la main.

*

Il n'était pas tard quand le soleil s'attaqua au sommet de la montagne. Il la serra très fort dans les flammes de ses bras et, du brasier, un plein bon Dieu de poussière d'or dégringola sur la vallée.

« C'est l'heure », dit le vieil homme avant de siffler le départ, pour les chiens.

Origène ouvrait la marche, maintenant, à un pas de Marcel Parpaillon qui lui tenait moins souvent la bride. Il s'y croyait, l'âne de Provence. Il s'écoutait même trottiner.

Après eux deux, c'était la mer. Elle dévalait en moutonnant le chemin pierreux avec les flocs de laine des cadets qui flottaient dessus, comme des ballons, et les cornes des chèvres qui balançaient leur proue au milieu des vagues.

De temps en temps, elle avait des accélérations, la mer de laine, ou bien, quand elle montait dans les côtes, des espèces de langueur.

Parfois, c'était tempête. De gros tourbillons la remuaient et elle quittait son lit où les chiens, Napo en tête, se chargeaient de la remettre.

Napo s'était mis au travail, enfin. Il trottait devant, derrière, partout, mordillant ou poussant les brebis égarées pour les remettre dans le droit chemin.

Juliette Benichou suivait loin derrière, en faisant d'affreuses grimaces. Elle avait demandé au muet de ne pas l'attendre, pour qu'il s'occupe des retardataires du troupeau. Mais elle rêvait qu'il la porte, qu'il la serre, qu'il l'emmène.

Elle avait très mal aux pieds.

*

C'était un crépuscule interminable, qu'éclairait maintenant une portion de lune crémeuse. La nuit n'en avait toujours pas eu raison quand le vieux berger décida que le temps de la couchade était venu.

Ils étaient arrivés au sommet d'un mamelon argenté, entre deux grands pics qui trônaient sur le ciel étoilé. On se serait encore cru au paradis mais d'un autre genre, cette fois, tout sec et immobile.

« Voilà l'ombre et la lumière, souffla le vieil homme en montrant les pics. C'est pas leur vrai nom, sur les cartes, mais c'est comme ça qu'on les appelle, nous autres. De jour comme de nuit, y en a toujours un des deux qui est allumé. »

Après manger, Marcel Parpaillon emmena Juliette et Mohammed sur un rocher, au-dessus du monde, en plein milieu du ciel.

Il y en a que le silence des espaces infinis effraie. Marcel Parpaillon, lui, ça l'exaltait. Chaque fois qu'il les regardait, il ressentait un grand élan dans

144

la poitrine, qui, après, se répandait partout, jusque dans les mains et les pieds, pour l'emmener.

L'infini.

On aurait dit du vent qui entrait en lui, le patouillait et l'emportait.

« Certaines nuits, j'ai peur, dit Juliette Benichou. D'autres, pas.

— C'est parce que vous résistez. Vous ne la laissez pas pénétrer, la nuit. Il faut qu'elle vous passe au travers, vous comprenez. »

Elle ne savait pas quoi dire. Il continua, à voix très basse :

« Abandonnez-vous. C'est comme ça que vous retournerez à l'origine des choses. »

N'était-il pas un peu zinzin, des fois ? Elle sourit en se frottant les bras, puis murmura :

« J'ai froid.

— Abandonnez-vous, répéta-t-il. Respirez profondément, ouvrez-vous et ça ira. »

Après que le muet eut opiné avec ostentation, elle décida de faire comme le vieil homme demandait. Maintenant, ils avaient tous les trois les yeux perdus dans le velours vivant du ciel. Leurs yeux étaient des oiseaux qui dansaient au milieu des étoiles, dans l'éternité du monde.

Un chien aboya trois fois. Leurs cœurs battirent plus fort. Mais c'était une fausse alerte.

« Vous verrez comme ce sera bon, finit par dire le vieux berger, quand on sera tout remplis de cette nuit. On ne se posera plus de questions. On saura ce qu'il en est, de tout. »

En continuant à embrasser, de son rocher, le ciel, la vie et la mort, il se mit à parler, d'une voix qui n'était plus la même, avec une espèce d'euphorie, et sans que l'on sache très bien à qui il s'adressait, à la nuit, aux deux amoureux ou bien à lui-même.

L'espèce humaine se bougerait un peu plus son gros cul, dit-il, elle trouverait les réponses aux questions qu'elle se pose. Au lieu de passer sa vie à contempler son nombril, elle ouvrirait la fenêtre de sa chambre pour regarder le ciel étoilé, elle serait surprise de toutes les vérités qui sont dedans. Ça la remettrait à sa place.

Tout est écrit dans le ciel étoilé. Scrutez-le, fouillez-le, vous aurez bien du mal à ne pas y voir, excusez du peu, quelque chose qui vous dépasse. Un sentiment, un vertige. Ne parlons pas de Dieu, pour ne fâcher personne, mais enfin…

« Si, si », protesta Juliette.

Le vieil homme aspira une grande goulée de cette nuit divine, puis :

« Aujourd'hui, les gens ont trop à faire, dans leur fourmilière. Le ciel étoilé est une perte de temps. Ils n'ont aucune idée de l'au-delà, puisqu'ils ne le regardent jamais. Je les plains. »

À la fin, Mohammed et Juliette n'écoutaient plus beaucoup. Ils étaient trop occupés à se tripoter, derrière lui, avec quelque chose qui ne cessait de grandir en eux, une mer qui venait, tandis que leurs chairs frissonnaient sous les mains qui passaient.

C'était bon comme l'infini autour.

Marcel Parpaillon se retourna brusquement :

« J'espère que vous n'êtes pas en train de penser que le vieux déparle ?

— Non, protesta Juliette Benichou.

— Mais ça me chavire toujours un peu de regarder le ciel, comprenez-vous. Ça me donne les papillons, je me sens tout chose, et je me mets à repépier. Faut me pardonner. »

Ils se couchèrent après quelques chicoulons de gentiane, qu'ils burent à même la bouteille. Leur nuit fut bonne, sous le grand manteau froid qui recouvrait les flancs des montagnes.

*

Le lendemain matin, après avoir repris la route, la grande mer laineuse débaula, au lieu-dit Les Goulorgues, sur des circonvolutions herbeuses où elle s'éparpilla dare-dare, en poussant des petits grognements de joie.

Les herbes et les plantains tentèrent bien de résister aux vagues moutonnantes qui déferlaient, pour les étriper. Ils s'égosillaient, ils se débattaient. Mais rien n'arrête une mer démontée. La terre cédait sous ses assauts, tandis qu'un immense bruit de bouche montait aux cieux.

« Bon, dit Marcel Parpaillon. On s'arrête un peu. »

Le troupeau n'était pas depuis longtemps au travail, sur la croupe vert pomme de la montagne, que l'âne se mit à braire, en dressant les oreilles.

« Le loup, grogna le vieil homme. C'est bien, il nous suit.

— Mais c'est dangereux, s'inquiéta Juliette Benichou.

— Non, c'est pour lui que ça sera dangereux. »

Il haussa les épaules, arma son fusil, puis bougonna :

« On ne peut pas exclure non plus que l'âne se soit trompé et fasse tout ce cirque pour une marmotte. »

Sur quoi, Origène fonça, les oreilles cachées, vers un bois de pins à crochets. Il semblait très en colère. Le muet courut derrière, le fusil à la main.

« Et Napo ? gueula le veux berger. Qu'est-ce qu'il attend pour y aller, Napo ? »

Napo ne daigna pas les suivre. Il préféra rester, à se soleiller, au milieu des brebis.

« Ce n'est peut-être pas le loup », finit par dire le vieil homme.

Quand l'âne et le muet revinrent, tête basse, une vingtaine de minutes plus tard, Marcel Parpaillon décida qu'il était temps de repartir et la grande mer laineuse se retira en moins de rien, cernée par la ronde des chiens, de la pelouse ébouriffée.

*

Le Mercantour, c'est quand vous croyez le connaître qu'il commence à vous échapper. Sur les cartes, il n'a l'air de rien, comme ça. On dirait une petite botte de sept lieues, ratatinée, une minuscule Italie, qui s'étire autant qu'elle peut, pour faire son quelqu'un, sur le couchant des Alpes, entre Barcelonnette et Monaco.

Mais il suffit de se promener dessus pour comprendre que c'est un continent, le Mercantour.

Vous sortez d'un cratère d'éboulis pour tomber sur un sagne marécageux où trônent, au milieu des reflets émeraude, des branches qui ont la pâleur de l'éternité. Quelques centaines de mètres plus loin, changement de décor, vous voilà sur un alpage où les bouches ouvertes des lis et des ancolies boivent le soleil, à grandes lampées, avant de déboucher soudain, le vallon suivant, sur un désert de tessons. Des tessons de pierres grises, à perte de vue.

Trois jours de suite, le troupeau de Marcel Parpaillon en vit donc de toutes les couleurs, pendant sa traversée, dans un paysage de tourbières, de cascades, de forêts ou de montagnes mortes. Le vieil homme connaissait très bien la route. Il avait souvent emprunté les mêmes drailles, avec ses bêtes, à la grande époque, quand la transhumance dégorgeait, sur les flancs des montagnes, ses torrents de lave moutonnière. Il savait tous les noms, des cols, des pas, des vallons ou des fleurs. Il avait pour chaque lieu et chaque chose les yeux de la première fois, parce que c'était la dernière fois.

Il fatiguait, le vieux berger. Mais quand même pas autant que Juliette Benichou. Elle avait ses petits pieds en sang et demandait de temps en temps au muet de la porter à califourchon. Ça l'émoustillait toujours, le petitou, de sentir les mollets de l'aimée contre ses bras, mais il n'en était pas moins homme. Son dos demandait vite grâce.

À la fin du troisième jour, alors que le troupeau arrivait à destination, Juliette Benichou, perchée sur l'aimé, demanda d'une petite voix d'enfant :

« Quand est-ce qu'on arrive ?

— Bientôt. »

Le vieil homme avait dit ça d'une voix irritée, comme si on lui cherchait garouille. C'est là que se produisit une espèce de remue-ménage au fond du troupeau, puis une explosion d'aboiements et de braiments.

Une ombre avait bondi dans le grands corps unique et fouillé dedans avant d'en jaillir, subitement, avec quelque chose dans la gueule.

Le vieil homme posa sa houlette dans les herbes et accourut à l'arrière du troupeau, avec l'âne, le patou et le fusil. Il tira à plusieurs reprises en direction de la forme qui s'était perdue dans les mélèzes. Les coups de feu ébranlèrent les montagnes autour, qui craquèrent et gémirent, comme touchées dans leur chair. Des pierres dégringolaient, des herbes et des échos, tandis que les bêtes se dispersaient à l'aveugle, en poussant des bêlements de fin du monde.

« Bou diou, dit Marcel Parpaillon. Si je l'ai pas eu, il a eu chaud aux fesses ! »

Juliette Benichou, qui était descendue de son homme, avait sorti son portable de sa poche de veste en cascaillant. Marcel Parpaillon s'approcha d'elle :

« Ne vous fatiguez pas. Je suis sûr que ça ne marche pas ici.

— De toute façon, geignit-elle, je n'ai plus de batterie. »

Elle roula sur lui des grands yeux pleins d'effroi et demanda, en rentrant la tête dans les épaules :

« Qu'est-ce qu'on va faire, maintenant ? »

La haine redressa d'un coup le vieux berger.

« Le tuer », dit-il.

Il retourna à ses bêtes et finit par trouver : c'était arrivé en queue de troupeau. L'ombre était repartie avec la mâchoire inférieure d'une brebis qui continuait de marcher, mais d'une démarche mal assurée, les quatre pattes en l'air.

Le vieil homme lui demanda pardon, sortit son couteau et la délivra du mal.

En expirant, la brebis poussa un petit cri qu'on aurait dit de plaisir.

Après ça, il fallut attendre longtemps le retour du muet, de l'âne et du patou, partis tous trois à la poursuite de l'ombre, dans les mélèzes. Tandis que le troupeau se reformait peu à peu, sous le commandement des chiens, Marcel Parpaillon s'en alla retrouver Juliette Benichou. Elle était assise sur une pierre et regardait le sol, les yeux brillants, prête à pleurer.

« Vous inquiétez pas, dit-il en se posant à côté. La bête a pris des risques et, quand l'ennemi prend des risques, il perd toujours ses coquilles. »

Elle ne comprenait pas ce qu'il entendait par là mais opina du chef avec ostentation.

« Les bêtes, c'est comme les gens, précisa-t-il. Un jour, ils font l'erreur de trop. En partant en montaison, je lui ai fait croire que nous étions à sa merci. L'ennemi, il faut toujours aller le chercher, le provoquer. Sinon, c'est lui qui fait la loi. Le loup se croit tout permis, maintenant. Son compte est bon.

— Je sais, dit-elle. Je vous fais confiance. Mais je n'ai pas l'habitude, vous comprenez. »

Le vieil homme avala un grand bol d'air et posa sa main sur la sienne. Elle sourit, redressa la tête, puis murmura, en fermant les yeux :

« Il ne faut pas m'en vouloir. J'ai trop de sensations en même temps, que voulez-vous. Tellement de peur, de bonheur et de chagrin que je déborde de partout. »

Le temps que les autres reviennent, elle déversa tout ce mélange, en lui racontant Paris, sa vie, son métier et la télévision :

« Y a tellement d'imbéciles, là-dedans, qui passent leur temps à se congratuler en se faisant dessus, et par-derrière. Tout ça, en circuit fermé. Vous imaginez les odeurs, là-dedans ! Non, vous n'imaginez pas, parce qu'elles sont inimaginables ! »

Quelques pierres dévalèrent la pente de la montagne. Elles annonçaient le retour du muet, de l'âne et du patou.

« Alors ? » demanda le vieil homme quand ils furent arrivés.

Le muet secoua la tête plusieurs fois, avec une espèce de fureur dans les yeux.

« C'est pas grave, dit Marcel Parpaillon. On l'aura là-bas, à la patantare. »

La grande mer laineuse bouillonna, puis déferla de nouveau sur la draille.

*

Une cabane de pierres grises, comme un ramas d'os. Une porte, une fenêtre et, par-dessus, un toit de tôle ondulée.

« C'est là », dit le vieil homme.

La cabane se dressait au sommet d'une petite colline d'éboulis, au pied du défilé qui entrait dans la montagne en commençant large avant de se rétrécir brusquement, au premier tournant, et de s'arrêter net au second.

« C'est pas une gorge, rigola Marcel Parpaillon, c'est un coupe-gorge. »

Le muet rit d'un rire nerveux.

Ils se sentirent tous très fatigués, subitement. Tandis que Juliette passait un coup de balai dans la cabane, les deux hommes mirent les bêtes à dormir dans la gorge, derrière les filets.

CHAPITRE X

Les jours suivants s'étirèrent au rythme de la moutonnaille. Ils prenaient leur temps. Les heures sont toujours plus longues, là-haut, en montaison : elles vivent plus.

Le vieil homme, la jeune femme et le muet dormaient par terre dans la cabane. Les nuits étaient froides, maintenant, et ils avaient tendance à se serrer les uns contre les autres, en tout bien tout honneur. La chosette, les deux amoureux allaient la faire dans la journée, sur l'herbe, derrière les haies de mélèzes.

Juliette Benichou parlait toujours beaucoup. Quand elle était arrivée au bout du récit de ses malheurs, elle le reprenait de zéro. C'était un disque qui n'arrêtait jamais. Sauf qu'elle s'épanchait avec moins de conviction, à cause de tous les horizons que lui ouvrait Marcel Parpaillon. Il lui avait appris, par exemple, à se lever très vite et d'un seul coup, le matin, quand elle était encore ensommeillée, pour laisser un peu de son âme dans sa couche, preuve qu'elle peut avoir son existence propre, à côté du corps.

Ça l'avait apaisée, Juliette Benichou, la découverte de son âme. Depuis, elle la promenait partout sur la montagne où elle retrouvait les âmes du muet, du vieux berger et de toutes les bêtes du troupeau. Elle prenait de plus en plus souvent congé d'elle-même.

Son âme courait dans les torrents, ou buvait à même l'eau, à quatre pattes. Elle se déployait sous l'écorce de la terre, au milieu des graines que grignotaient sans relâche des armées de mandibules enfiévrées. Elle se glissait dans la brume du matin qui berçait la chair tremblante des feuilles, le nez pointé des bourgeons ou le lait sucré des fleurs, et palpitait, parfois, jusque dessous les pierres.

Elle était l'eau, la terre, le vent. Elle avait des ramifications dans tous les coins de l'univers, où elle enfantait sans arrêt des mondes nouveaux, des susurrements, des siècles, des cris.

Elle était la vie, toute la vie autour, comme le vieil homme.

*

On aurait dit que le temps s'était arrêté. Ça arrive souvent, l'été, dans la patantare. Il suffit que le vent faiblisse et c'est comme si le monde entier retenait son souffle. Ça peut durer toute une journée.

Il était dans les deux heures de l'après-midi, mais il aurait pu être tôt le matin ou tard le soir, c'eût été pareil. Le même silence. La même langueur. Une sorte d'éternité.

Mais l'éternité ne dure jamais longtemps, ici-bas. Allongé dans l'herbe, en position pour la sieste, Marcel Parpaillon la respirait à pleins poumons pour n'en pas perdre une goutte tout en observant, d'un œil mi-clos, le manège des abeilles, des guêpes ou des papillons qui, autour de lui, sautaient d'une fleur à l'autre, pour de brèves étreintes.

C'était si beau, toutes ces fleurs qui s'embrassaient par leur entremise. Baisers volants, baisers volés, l'infini du monde est plein de baisers.

Un aboiement, soudain, et puis un autre, avec un braiment. Le vieil homme se leva, le fusil à la main. Le patou des Pyrénées bondit en direction d'un rocher, en contrebas, avant de bifurquer et de foncer vers la vallée, avec de gros filets de bave blanche qui pendaient de sa gueule ouverte.

Le loup.

Mais la bête avait disparu quand le patou arriva au fond de la vallée. Napo aboya longtemps, à gorge triste, pour dire son dépit, avant de remonter au troupeau.

Après ça, il y eut d'autres alertes au loup. Des fois, il était en bas. Des fois, en haut.

« C'est le jour », répétait le vieux berger, avec des chevrotements d'excitation.

*

À six heures du soir, Marcel Parpaillon emmenait le troupeau à la couchade, avec Juliette et Mohammed, quand Origène se mit à braire en humant par-derrière.

Marcel Parpaillon se retourna. Ce n'était pas le loup, mais l'abbé Rikonovski avec un gros sac à dos et son basset Diplodocus qui faisait l'important, devant, sur ses moignons de pattes.

« Mais qui vous a dit qu'on était là ? demanda le vieil homme avec une expression soupçonneuse.

— C'est tout simple. J'ai demandé à mon chien de vous trouver et je l'ai suivi. Mais j'aurais pu me passer de ses services, figurez-vous, avec les crottes et les flocons de laine que vous avez laissés derrière vous. »

L'abbé sentait très fort le vin rouge.

« Vous tombez bien, dit le vieux berger. Le loup va mourir ce soir. »

Il tourna les talons et repartit derrière le troupeau en faisant signe de le suivre à l'abbé Rikonovski, qui fronça les sourcils, l'air préoccupé :

« Vous êtes sûr de ce que vous faites ?

— Je n'ai pas le choix.

— Vous allez avoir des ennuis… »

Le vieil homme l'arrêta d'un geste :

« J'imagine que ça n'est pas pour me dire ça que vous êtes venu me trouver.

— Non. C'est à cause de Rafic. Il a avoué.

— Et alors ? Qu'est-ce que je peux faire ?

— M'aider à trouver le vrai coupable. »

Gros soupir du berger, qui souffla l'air par la bouche, pour faire plus de bruit, et mieux marquer sa perplexité :

« Je ne comprends pas.

— Rafic n'est pour rien dans la mort de Fuchs, j'en mets ma main à couper.

— Ce n'est pas de la mauvaise volonté, mais je ne comprends toujours pas pourquoi vous vous adressez à moi. »

Qu'avait-il en tête, l'abbé ? Cherchait-il à le culpabiliser parce qu'il le soupçonnait d'avoir commis le crime ? L'abbé Rikonovski, qui lisait dans les pensées, tenta de l'en dissuader, à voix basse :

« Vous êtes l'une des rares personnes qui peut comprendre ce que dit le vent, une bête ou un arbre, et vous connaissez votre coin comme votre poche. Si vous les cherchez, je suis sûr que vous trouverez les indices qui nous mettront sur la voie du véritable assassin.

— Après la montaison, si vous voulez. Je verrai ce que je peux faire.

— Non, ça ne peut pas attendre. Il faut y aller maintenant. Ce sera l'histoire de quelques jours. Je suis prêt à m'occuper du troupeau avec vos gens, pendant ce temps. »

Le vieil homme allait répondre quand un concert d'aboiements et de braiments annonça que le loup rôdait de nouveau dans les parages.

Mais, comme les autres fois, la bête repartit aussi vite qu'elle était venue.

*

Ce soir-là, après avoir mis le troupeau à coucher au fond du défilé, le vieil homme n'en ferma pas, comme d'habitude, l'entrée avec les filets.

Le muet lui demanda pourquoi en haussant le menton plusieurs fois de suite, comme chaque fois qu'il posait ses questions.

« C'est la tactique de la gueule du loup », répondit Marcel Parpaillon, avec plein d'euphorie dans les yeux et dans la voix. « Quand on entre dedans, les mâchoires se referment. »

Il envoya Juliette Benichou dans la cabane avec l'âne, le patou et le basset de l'abbé : si on les laissait avec leurs moutons, ces trois-là risquaient de tout gâcher.

Il expédia Mohammed VI sur un mamelon, au-dessus du défilé. Le muet devait l'aider à refermer l'entrée, une fois que le loup l'aurait franchie.

Après quoi, il prit place sur un ossement de colline, juste en face du mamelon du muet, avec l'abbé Rikonovski et une bouteille de coteaux-de-pierrevert.

Un sourire courait sur les lèvres du vieil homme. L'espère s'annonçait bien : le vent était avec lui et, à l'instant fatal, son haleine soufflerait derrière le loup. Elle ne dirait pas les hommes à la bête, mais la bête aux hommes et aux moutons.

C'était tout ce qu'il fallait, une panique du troupeau. Le loup ne résiste jamais aux odeurs de sang et d'effroi. Il ne se contrôlerait plus.

Le vieux berger et l'abbé restèrent longtemps sur leur promontoire, à écouter sans rien dire la nuit qui leur parlait à l'oreille, la rumeur de l'infini, le murmure des frissons.

Parfois, ils levaient les yeux vers les étoiles, mais jamais longtemps. Elles faisaient de la peine, au fond de leurs nuées. On aurait dit des feux flottants en train de se noyer, dans la mer du ciel.

Dieu aussi a ses faiblesses. Il suffit de regarder le firmament, certaines nuits, quand il se voile ou bien se couvre. C'est peut-être pour ça que l'abbé buvait tant. Il avait besoin de s'enivrer les yeux.

« Il faut arrêter de boire », finit par murmurer le vieil homme, qui n'avait avalé qu'une seule gorgée, à peine une rinçolette, depuis le début de la guette.

« Y a plus rien dans la bouteille. Je fais juste semblant, pour tromper mon corps et ma tête. »

Une heure passa, à petites gouttes. Une autre suivit, en prenant encore plus son temps.

Rien.

Jusqu'au tressaillement qui remua les herbes, sur un escarpement. Elles gémirent doucement, tandis qu'un caillou dévalait de temps en temps la pente, en protestant.

C'était lui.

L'abbé Rikonovski posa la bouteille de vin rouge à ses pieds, avec la raideur silencieuse des ivrognes professionnels. Marcel Parpaillon pointa lentement son fusil en direction de l'entrée du défilé qu'éclairait un pâle rayon de lune.

Le cœur de l'air se mit à battre très fort, tandis que de grands frissons couraient dans la nuit en dépeçant tout sur leur passage. Il ne fallait plus bouger, à peine respirer.

Le muet, sur son mamelon, caressa son écureuil, sous la toile de la musette.

*

Le grand corps unique n'était plus qu'un cri, qui implorait le ciel. Il le poussait de toutes ses gorges, sur un fond de bousculade, pendant que le vieux berger et le muet rabattaient les filets à l'entrée du défilé.

C'était la stridulation de la foule devant la mort en marche. Elle disait la peur, mais aussi la révolte, celle du Christ sur la croix quand il découvrait la vérité du monde : « Mon Dieu, pourquoi m'as-tu abandonné ? »

Le vieil homme alluma un gazogène devant les filets avant d'entrer dans la gueule du loup. Il avait une lampe de poche dans une main, son fusil dans l'autre, la crosse contre le ventre et le doigt sur la détente, prêt à tirer.

Le petitou le suivit à quelques mètres, d'une démarche mal assurée, à cause des jambes qui flageolaient, tandis que l'abbé montait au-dessus du défilé qu'il avait été chargé de balayer avec une grosse lampe de poche, pour localiser la bête.

Il n'était plus qu'un grand tremblement dans la nuit, l'abbé Rikonovski. Il n'avait pas peur de mourir. Quand on a toujours fait semblant de vivre, il est plus facile de faire semblant de mourir. Il avait juste les sens tournés par ce qu'il entendait en bas : le bruit du mal au travail.

*

Le mal est un grognement. Écoutez le grognement de la gloutonnerie universelle, qui décharge sa colère sur tout ce qui bouge : elle sourd sous les pierres ou les souches, dans les taudis ou les palais, partout où l'on engloutit à toute vitesse, pour être sûr de n'en pas laisser aux autres, mangeailles, trésor et amours.

La Bible dit que l'avidité est la meilleure incarnation du mal : « Y a-t-il pire créature que l'œil avide ? » La bouche avide n'est pas moins effrayante, dans le genre. Observez les visages des mufles de la spéculation dans les salles des marchés, les jours de ruée ou de catastrophe boursière. On dirait que le diable vient de leur entrer dedans, pour les habiter, tandis qu'ils poussent leurs hulées, avec des contorsions de pourceau à l'abattoir.

L'homme est un pourceau qui a réussi. Avec plus de poils. Il est rongé par le même mal. Tout lui fait ventre. Il a faim du monde et même de l'infini. C'est pourquoi il n'arrête jamais d'égorger, de baratter, d'étriper, de caracoler et de se farcir le chou.

Dans les ténèbres du défilé, au milieu des moutons affolés, le loup grognait comme un pourceau ou comme un homme, et ça lui donnait les grelots, à l'abbé Rikonovski. Ce n'était pas quelqu'un de tout à fait normal. Il n'avait pas assez de haine en lui pour y noyer sa peur.

*

Un coup de feu, puis un second.

Ça ébranla les montagnes autour, dans un bruit de cavalcade. Le troupeau courait dans tous les sens en cascaillant.

La lampe de poche du vieil homme était tombée par terre. Ça jetait un froid, tout d'un coup.

166

L'abbé s'écria :

« Tout va bien, Marcel ? Sinon, je peux descendre… »

Marcel Parpaillon n'était plus en état de répondre. La nuit s'était engouffrée d'un coup au-dedans de lui et avait emporté tout ce qui en restait, très loin et très haut.

Il n'avait pas le sourire de quelqu'un qui s'en va, mais de quelqu'un qui revient.

*

Avant de perdre connaissance, Marcel Parpaillon avait vu l'œil avide du loup : un abîme sans fin qui s'ouvrait dans le ciel. Il avait ouvert la bouche pour crier quelque chose, mais il n'en sortit que des borborygmes, couverts par les cris d'épouvante de la moutonnaille. Il n'insista pas. Il ne faut jamais insister, dans ces cas-là. La vie est une phrase qu'on ne nous laisse jamais terminer.

*

Une lumière dans la tête et puis des voix au-dessus de lui. Le vieux berger crut qu'il avait passé pour de bon. C'est comme ça, l'au-delà : du soleil, jusqu'à l'éblouissement, et puis les morts qui arri-

vent, pour reprendre le fil des conversations inter-
rompues.

Son cœur bondit dans sa cage quand il sentit
une main lui prendre le pouls, et il comprit qu'il
était vivant quand il entendit la voix de l'abbé, au-
dessus :

« Saperlotte ! Mais il n'est pas mort ! »

Il ouvrit lentement les yeux, puis les plissa,
pour mieux voir les deux silhouettes penchées sur
lui.

Devant ce visage qui revenait à la vie, le muet
poussa un cri de bonheur, une espèce de glapisse-
ment nuptial.

« Vous me reconnaissez ? » demanda l'abbé Rikonovski.

Le vieil homme ferma les paupières et fronça les
sourcils, pour indiquer qu'il réfléchissait.

« Oui, finit-il par marmonner, en rouvrant les
yeux. Le général de Gaulle. »

Sur quoi, il referma les paupières, avec un air
souffrant. Le muet sourit, l'abbé aussi, mais sans
être tout à fait sûrs de leur sourire, parce que le
vieux berger semblait avoir encore perdu conscience.

C'était une feintise, bien entendu. Quand l'abbé
lui demanda d'une voix étranglée comment il se
sentait, le blessé répondit :

« Dites-moi qu'elle est morte, la sale bête, et je me sentirai bien.

— Vous pouvez vous sentir bien. Elle vous embêtera plus jamais. »

Le loup gisait à côté de Marcel Parpaillon, dans une flaque noire, la langue pendante, la gueule barbouillée de rouge. Il avait la même expression d'effroi qu'une brebis éventrée vivante : comme les humains, souvent, les bêtes n'arrivent pas à croire que la mort, c'est la vie qui continue, mais autrement. On dirait qu'ils meurent de peur, de la peur de mourir pour la première et dernière fois.

Le vieil homme poussa un petit gémissement quand ses mains lui dirent que ça gluait partout, sur son visage, les épaules et la poitrine. Il étouffa un cri, ensuite, quand il regarda ses doigts, sous la lumière du gazogène : c'était bien du sang. Le sang du loup et puis le sien aussi, sûrement.

Il n'avait pas vu la bête arriver. C'est une ombre qui fondit sur lui, une espèce de grand éclair sombre. Avec, au bout, des crocs qui scintillaient sous la lune, comme des couteaux. Ils visaient sa gorge. Mais Marcel Parpaillon avait fait dévier sa trajectoire d'un puissant coup de coude. Il tira une première fois en tombant, alors que les mâchoires du loup se refermaient sur la chair de l'épaule, avec un chuintement vipérin, mais elles ne lâchèrent prise qu'au second coup de feu, alors qu'il était à terre et commençait à tourner de l'œil.

Quand le muet retrouva le vieux berger et la bête, ils étaient mélangés l'un à l'autre, comme deux amants.

« J'ai fini par l'avoir, grogna Marcel Parpaillon, mais il ne m'a pas raté. »

Le muet et l'abbé l'avaient aidé à s'asseoir, maintenant, et le vieil homme examinait sa blessure avec une grosse grimace, parce qu'il avait du mal à tourner la tête.

« On va mettre du vin dessus, pour désinfecter, murmura-t-il, et puis demain, je rentre à la maison.

— À l'hôpital, corrigea l'abbé.

— Non, à la maison. Si la mort m'attrape, je veux que ce soit vivant, dans ma chambre.

— Il faudra vous soigner, Marcel.

— On verra dans quel état j'arriverai. »

Quand ils retrouvèrent Juliette à la cabane, quelques minutes plus tard, elle prit tout en main. L'âne, le patou et le basset avaient à peine filé dans la nuit qu'elle allongeait le blessé sur le sol, lui retirait sa chemise en lambeaux et nettoyait sa blessure avec du vin avant de la badigeonner, peu après, d'huile d'olive bouillie, puis refroidie. Si Dieu avait été une femme, l'humanité aurait été mieux traitée.

CHAPITRE XI

Le loup avait tué deux brebis. Six autres étaient mortes en se jetant contre les rochers ou bien étouffées sous le rouleau du troupeau. Il y avait aussi plusieurs blessées que le muet acheva.

Au petit matin, il régnait le silence des champs après la bataille, un silence sépulcral. Juliette et le muet partirent creuser un trou pour enterrer le loup, avec la pelle et la pioche qui se trouvaient dans la cabane, après que l'abbé et le vieux berger eurent pris, avec Origène, le chemin du retour.

Avant de s'en aller, Marcel Parpaillon avait fait don au muet de sa houlette en bois d'arbousier, avec un sourire jaune :

« Un acompte sur l'héritage. »

Le vieil homme avait enfourché l'âne. Sans ses blessures qui semblaient s'ouvrir à chaque pas, le voyage eût été un bonheur. L'air était comme une eau de source, que le vent apportait du ciel, à grands seaux, en disant des choses, mais à voix si basse qu'on ne les comprenait pas. C'était comme un murmure, que couvrait la musique de la terre qui chantait son bonheur, ailes et branches tendues vers l'azur.

Les deux hommes arrivèrent le lendemain, dans l'après-midi. Marcel Parpaillon alla tout de suite au lit où il s'endormit, sous trois couches de couvertures, après avoir refusé d'appeler un médecin.

Quand il se réveilla, dans la soirée, l'abbé était à son chevet. Il lui apporta une infusion et, après que le vieil homme eut bu la première gorgée, demanda sur un ton détaché :

« Alors, c'est qui ?

— Qui quoi ?

— Le crime. »

Le vieux berger referma les yeux.

*

Le matin suivant, quand il ouvrit les yeux, l'abbé Rikonovski était toujours là.

« Comment va-t-il ? demanda l'abbé en se penchant sur lui avec un air attentionné.

— Oh, il ne va plus.

— Je vais appeler le docteur.

172

— Ne faites pas ça. Je ne le laisserai pas entrer. »

L'abbé descendit préparer le café dont le vieil homme ne but que plusieurs gouttes qui se frayèrent péniblement leur chemin, au-dedans du gosier. Elles tentèrent même, deux ou trois fois, de faire marche arrière, comme si elles étaient effrayées par toute cette mort en lui.

Il resta un moment, les yeux ouverts, sans rien dedans, avant de laisser tomber, soudain :

« L'assassin, je sais pas qui c'est, mais y a peut-être quelqu'un qui sait. Peut-être. »

Sa gorge lui faisait mal. Il baissa la voix :

« Quand j'ai senti que ça brûlait, chez Fuchs, je suis allé y jeter un œil avec mon fusil. Arrivé devant la villa, je suis tombé sur un voisin. L'écrivain, vous savez, Archibald Machintruc.

— C'est lui, l'assassin ? »

Le vieil homme fusilla le curé du regard :

« Pas si vite. Je continue, si vous permettez. Quand il m'a vu, il est venu vers moi avec son chien dans les bras, comme il fait souvent, et il m'a dit : "Y a eu un crime. Venez voir." On est entrés dans la fumée. Le cadavre de Fuchs était au milieu du salon, avec sa main coupée. La main gauche, je me souviens. On était là, à le regarder, quand on a entendu la voiture de la factrice. On a filé par-derrière. »

173

Quelques gouttes de silence tombèrent, dans la chambre. La langue sèche et bleue du blessé bougeait difficilement, dans sa bouche. Il fallait qu'elle reprenne des forces.

« On était couverts de suie, reprit-il. Je crois que je n'ai jamais autant toussé de ma vie. »

Il s'arrêta un moment, l'air absorbé, comme s'il écoutait une voix au-dedans de lui, puis sourit d'un sourire souffrant, qui se figea d'un coup, sur son visage plein de reflets violets, comme s'il avait une vision d'horreur. Mais ce n'était pas la mort. Juste le sommeil qui l'emportait, alors qu'il ouvrait la bouche pour marmonner quelque chose.

*

On aurait dit un chiot maladroit, haletant au-dessus d'elle. Sauf qu'il sentait le mouton. Sous Mohammed VI, Juliette Benichou respirait très fort, les narines battantes.

Juliette ne lui parlait que le langage des yeux et des soupirs : ça donnait plein de profondeur à ce qu'elle disait, qui se mélangeait au grondement de mer des montagnes autour. Elle était la terre, dessous, la terre tout entière qui chantait son amour du ciel.

Leurs deux sangs bouillaient ensemble, tandis qu'ils échangeaient leurs corps, les joues en feu, en dansant, sur leur lit herbeux, la valse des frissons.

De temps en temps, Juliette s'affolait, secouée par des bouffées d'impatience, et puis se calmait un peu, mais sans arrêter sa danse. Ça dura longtemps comme ça. Jusqu'à ce que ses yeux se voilent, soudain. Une avalanche, un éboulement.

Elle sourit, l'air perdu, et souffla d'une petite voix enfantine :

« Je veux t'épouser. »

*

L'œil droit s'ouvrit le premier, puis le gauche. Le vieil homme avait l'expression soupçonneuse des grands malades qui hésitent à revenir du néant où ils étaient si bien.

Il but la moitié du verre d'eau que l'abbé lui tendit, avant de reprendre son fil, là où il l'avait laissé, quelques minutes auparavant :

« Vous vous demandez sûrement pourquoi on a filé, Archibald Machintruc et moi, quand la factrice est arrivée. C'est parce qu'on avait tous les deux des profils de suspect numéro un. »

Marcel Parpaillon trempa son doigt dans l'eau du verre et mouilla ses lèvres. Il renouvela son manège, deux fois de suite, jusqu'à ce que l'abbé lui demande, d'une voix qu'étranglait l'impatience :

« Vous croyez que c'est lui ? »

Le vieux berger ferma les yeux :

« Arrêtez, avec vos questions. Vous allez m'embrouiller. »

Après avoir poussé un gros soupir ostentatoire, le vieil homme reprit :

« Archibald Machintruc…

— Davenport.

— Machinport, si vous voulez. C'était un ami de mon fils. Il avait un mobile, y a pas de doute. Le même que le mien. Il aimait pas du tout Fuchs. Encore moins Titus, qui avait failli bouffer son chien plusieurs fois. Mais je crois pas qu'il soit l'assassin. S'il avait coupé la main de Fuchs, il aurait eu du sang sur ses habits ou sur ses chaussures. Il en avait pas. Ce gars-là, il a les quatre pattes blanches, j'en mets ma main à couper… »

Il rit, toussota puis s'étira les bras. Il avait la bouche vide, mais ça ne l'empêcha pas de mâcher, comme si elle était pleine, avant de chuchoter, sur un ton confidentiel :

« C'est quand même bizarre, cette histoire de main coupée, vous ne trouvez pas ? »

Il roula de gros yeux et sa tête s'écroula sur l'oreiller, avec un air stupide.

*

Le bonheur rend rarement intelligent et le muet avait quelque chose d'abruti dans le regard, après que Juliette lui eut demandé sa main. Il prit carrément l'air idiot quand elle murmura :

« Souvent, quand je suis avec toi, j'ai envie de me tuer, pour te montrer à quel point je t'aime, fleur de ma vie. »

Elle soupira un grand coup, avant de souffler, sur un ton réfléchi :

« Je crois que j'en mourrai, de cette histoire. »

Elle n'arrêtait pas de mourir, avec le muet.

*

Une mouche embrassait sa bouche quand Marcel Parpaillon revint au monde, trois minutes plus tard. Une mouche si douce que c'en était louche.

Il y avait en elle un mélange de fatigue et d'amour, qui laissait à penser qu'elle venait de pondre ses œufs, sa centaine d'œufs qui, en sept générations, donnerait de quoi boucher le ciel de plusieurs continents.

Le souffle du vieil homme la chassa, subitement, quand il reprit le fil :

« C'est vraiment bizarre, cette main coupée. »

Il s'arrêta là. Remuer la langue dans la bouche devenait un exercice au-dessus de ses forces. Il ferma les yeux, et le mouvement de ses lèvres sembla chercher au-devant de lui un peu d'eau qui fuyait.

*

Le monde était une mer de baisers, à perte de vue. Les campanules embrassaient la tiédeur du jour, à bouches folles, et les lèvres des ancolies s'offraient à tous, tandis que, par-dessous, un petit vent faisait vibrer les tiges et les feuilles.

Le muet, ça l'excitait, la rumeur des baisers autour. Avec les siens, il disait des tas de choses à Juliette. Par exemple qu'avant de la connaître il se sentait seul, tout seul devant personne, car il lui manquait quelqu'un pour vivre avec, dans sa tête.

Une femme.

Il l'avait trouvée avec Juliette, qu'une épouvante cramponnait à lui, à cet instant, tandis qu'elle l'embrassait, en tremblant de tout son corps, avec plein d'infini dans ses yeux voilés d'amour :

« Je veux un enfant », répétait-elle en lui mangeant la bouche.

Le mariage et puis, maintenant, l'enfant. Elle allait trop vite. Mais il était d'accord. Il savait qu'il faut toujours suivre les femmes dans la vie. Elles sont plus clairvoyantes. Elles ont l'intelligence de ne pas chercher à tout comprendre.

CHAPITRE XII

Un jour, il faudra bien oser chanter la crotte, cette fleur des abîmes que la vie décompose avant de se réinventer dessus. Il faudra oser la chanter parce que, contrairement à la légende, elle est d'abord une promesse.

De tous ses pores qui suent l'éternité, elle annonce des grouillements de bonheurs à venir, tandis qu'accourent, de toutes parts, des foules affamées. Quelque chose pantelle au-dedans d'elle, qui attend d'accoucher, sous les mandibules.

Il semblait tout grisé, tandis qu'il remuait la crotte, et ses gestes étaient très lents, d'une lenteur d'ivrogne. Quand il eut fini de fabriquer sa boule, il commença à la rouler avec soin. Loin, très loin, jusque là où il l'enterrerait après avoir pondu son œuf dedans.

Un bousier.

Archibald Davenport était accroupi, son caniche dans les bras, en train de regarder le bousier à l'œuvre quand l'abbé Rikonovski approcha de son pas silencieux de chasseur à l'espère.

L'écrivain se leva d'un trait et se justifia, rouge de confusion :

« J'étudie les bousiers. Pour mon roman.

— Vous avez raison. C'est très intéressant.

— Nous, on fait de la boue avec la vie. Eux, ils font de la vie avec la boue. »

La conversation se poursuivit dans la bergerie d'Archibald Davenport. Après qu'il eut servi les pastis, l'écrivain donna les dernières nouvelles de son œuvre :

« Je crois que j'aurai terminé à la fin de la semaine, mais ç'aura été l'enfer, ce roman. Y a trop de bonheur, dans le Mercantour. »

Le curé leva les sourcils.

« Écrire est toujours le signe d'un échec personnel, expliqua Archibald Davenport. J'écrivais beaucoup, et bien, quand j'étais malheureux. Mais maintenant, je suis tellement heureux, avec mon chien. J'ai trouvé mon équilibre. C'est pour ça que j'ai plus de jus. Enfin, plus trop.

— Faut boire, hasarda le curé.

— J'arrête pas, mais ça sert à rien. Le vin suffit pas à donner du talent. Il faut du chagrin en plus. J'ai pas de chagrin. »

Il faisait grise mine. Tant de félicité, ça le tristait beaucoup, Archibald Davenport.

L'abbé Rikonovski se racla la gorge, puis murmura, avec gravité et en prenant son temps, pour ménager son effet :

« Je suis venu vous parler de l'assassinat de Jean-Guillaume Fuchs. Je sais que vous avez été sur les lieux du crime… »

Un frisson traversa le visage d'Archibald Davenport.

« Rassurez-vous, je ne suis pas venu vous accuser, poursuivit le curé. Je voudrais juste savoir ce que vous avez vu.

— Je l'ai déjà dit aux gendarmes. »

Il fallut un grand quart d'heure et trois autres verres de pastis pour que l'abbé Rikonovski lui extorque ce qui l'avait le plus intrigué, le jour dit. Toutes ces coques de noisettes autour du cadavre.

« Des coques de noisettes, répéta le curé sur un ton interrogatif.

— Oui, des coques de noisettes. »

Le téléphone sonna, dans la chambre d'à côté. Archibald Davenport sortit de la pièce, avec un air transporté. Il attendait ce coup de fil. Une femme, sûrement.

L'abbé Rikonovski profita de son absence pour inspecter la pièce, qui tenait du bureau, de la cave, du grenier et de la salle à manger. Un antre d'écrivain, avec quatre gros classeurs qui trônaient sur une table, au-dessus d'un océan de livres, de journaux, de vieux papiers et de miettes de pain.

L'œuvre.

Archibald Davenport travaillait dessus depuis dix-sept ans. C'était l'histoire, en trois mille pages et quelques, d'une famille américaine au XXe siècle, très portée sur la chosette et l'argent.

Le curé ouvrit le premier classeur, le feuilleta, les yeux écarquillés, avant de vérifier, avec la même stupeur, que les trois autres étaient pareils.

Toutes les pages étaient illisibles. Les mêmes bouts de phrases revenaient du début à la fin, sous des monceaux de ratures.

Quand Archibald Davenport revint, l'abbé Rikonovski avait tout remis en place, mais le regard, pas très net, du curé chiffonna l'écrivain. Il servit un cinquième pastis et n'y pensa plus, les yeux dans son verre, en écoutant le silence qui les écoutait.

*

Les vagues de soleil ne se brisaient plus sur la terre. Maintenant, elles l'écrabouillaient. On n'y voyait plus rien, au milieu de toutes ces éclaboussures de lumière. On n'entendait plus rien non plus. Il planait sur le monde le silence des grandes chaleurs, et les heures semblaient faire la pause, maintenant.

Si l'abbé Rikonovski titubait un peu, sur le chemin du retour, ça n'était pas seulement à cause du soleil qui lui montait à la tête, mais, surtout, du pastis d'Archibald Davenport. Ils s'étaient très bien pivoinés, les deux, et il avait une voix pâteuse de pochard quand il demanda au vieil homme, en entrant dans sa chambre :

« Comment ça va, depuis tout à l'heure ? »

Un gargouillis, puis une toux sèche, et enfin :

« Ça suit son cours. »

Marcel Parpaillon était toujours dans la même position, sur son lit : raide mort mais encore vivant, les mains sur le ventre. Ses grands yeux dévoraient le plafond blanc, au-dessus, et sa bouche asséchée buvait l'air, à goulées saccadées, avec des bruits de moteur détraqué.

Après que le curé lui eut parlé de coques de noisettes, le vieux berger murmura :

« Quand y a des noisettes, souvent, y a un écureuil et quand y a un écureuil… »

Quelque chose glouglouta dans sa gorge et il secoua la tête, comme pour le chasser :

« Mais c'est pas lui. Je suis sûr que c'est pas lui. »

Le curé sortit de la chambre et téléphona à sa femme de ménage, Mme Brachu, pour lui demander de prendre le relais auprès du blessé. Après quoi, il partit dans le calabrun, avec l'âne, le basset et le patou, retrouver le muet tout là-haut, à la patantare.

Le soleil était tout cramoisi et le sommeil descendait doucement dans la vallée, pendant qu'un petit vent tiède mettait de la sérénité dans l'air. Rien que de le respirer, on se sentait rassuré.

CHAPITRE XIII

Quand la lune eut fini d'enivrer la terre de ses rayons, ce fut au tour du soleil de s'y mettre. Les arbres, les fleurs et les herbes ne dessoûlaient pas. Le père Rikonovski non plus.

Il tenait péniblement sur ses guiboles, l'abbé, quand il arriva, le surlendemain, à la patantare où les moutons donnaient un concert de sonnailles, accompagnés par Mohammed à la flûte. Les agneaux et les tardons dansaient, au milieu des brebis qui paissaient. Ivres d'herbe, de lait, de félicité, ils sautaient et, parfois, s'envolaient comme des gazelles, avec des sourires d'anges.

Après avoir annoncé à Mohammed et à Juliette que le vieil homme était à l'article de la mort, le curé soupira :

« J'ai une autre mauvaise nouvelle. On a identifié l'assassin de Fuchs. »

Il laissa passer un silence, avec un petit sourire sardonique, puis :

« C'est vous, Mohammed, qui l'avez tué ! »

Juliette protesta :

« C'est pas lui, monsieur le curé. Vous savez bien qu'il est incapable de tuer personne !

— On a les preuves. »

Il répéta, en détachant chaque syllabe :

« On a toutes les preuves.

— En ce cas, c'est différent », marmonna Juliette.

*

Avant d'expirer par la bouche, Marcel Parpaillon aspirait par le nez des quantités d'air de plus en plus faibles. Il se concentrait sur son souffle, se refermait dessus dès qu'il s'en était rempli, et le laissait prendre possession de son corps. Après, bien sûr, il y avait toujours un peu de lui qui repartait avec, mais pas beaucoup, parce qu'il ne restait presque plus rien de lui. Il était tout plein de vertige, au-dedans.

*

Le vent attrapait les nuages par les cheveux et les jetait méchamment par-dessus les montagnes.

Ils couraient, pour lui échapper, et, de temps en temps, semaient des gouttes qui faisaient toc toc : on aurait dit que le ciel frappait à la porte, sur les têtes.

« Il va pleuvoir ? » demanda Juliette Benichou.

Le muet leva les yeux et secoua le chef avec un air expert.

Ils s'assirent tous les trois sur l'herbe tiède. Le curé avait sorti de son sac une bouteille de coteaux-de-pierrevert, qu'ils se passaient de main en main, après l'avoir tétée au goulot.

« Mohammed n'est pour rien dans tout ça, commença Juliette. Je veux que ce soit bien clair entre nous, il n'a fait que ce que je lui ai demandé. »

Elle s'arrêta, pour reprendre son souffle, en regardant les nuages qui avaient de plus en plus peur, avec le vent à leurs trousses.

« Je suis venue ici pour régler une affaire avec Fuchs, reprit-elle. Je savais que ça irait mieux après, et ça va mieux, je peux vous dire. Beaucoup mieux. C'est comme un poids qui serait parti. Je me sens toute légère, maintenant. Si j'ai un regret, c'est d'avoir attendu trop longtemps pour faire ce que j'ai fait. »

Elle but une longue gorgée de vin, respira très fort et dit en baissant les yeux :

« Alors, voilà. C'était mon père, Fuchs. Enfin, soi-disant. »

Elle observa l'effet de la nouvelle sur le visage du curé, puis continua :

« Il nous a pourri la vie, à ma mère et à moi. À ma mère, surtout. Pendant les années qu'ils ont vécu ensemble, il la battait tout le temps. Je veux bien croire qu'il était malheureux mais quand même, il cognait très fort. J'ai passé mon enfance au milieu des gnons et des hurlements. »

Elle but une nouvelle gorgée, encore plus longue, avant de hocher plusieurs fois la tête avec une expression d'accablement :

« Un jour, maman est rentrée du travail plus tôt que d'habitude. Elle travaillait dans les chemins de fer. Guichetière à la gare Saint-Charles, à Marseille. Il y avait la grève. Quand elle nous a surpris dans le lit conjugal, Fuchs et moi, elle a pété les plombs, et s'est mise à le battre, je ne vous dis pas. J'ai vu toute la force que ça pouvait donner, la colère. Même à un petit bout de femme comme ma mère. J'avais dix ans et des seins qui venaient. Sur le coup, je n'ai pas compris la rage de maman : ça me paraissait très disproportionné par rapport aux papouilles de mon père. »

La tête inclinée entre les genoux, elle poussa un petit gémissement :

« Faut jamais battre les hommes trop longtemps. Surtout quand ils n'ont pas l'habitude. À
un moment donné, Fuchs a fini par s'énerver. Il a
commencé à taper ma mère et lui, comme je vous
ai dit, c'était un professionnel de la chose. Pauvre
maman. Elle s'en est sortie avec deux côtes cassées
et un œil crevé. Ensuite, je n'ai plus revu mon
père. C'était quelqu'un qui menait bien sa barque,
dans son boulot, et il est monté à Paris pour travailler dans les ministères. Il avait le bras très
long… »

Les gouttes se faisaient plus rares. Elle observa
le ciel :

« Le vent a presque fini son ménage. Y a encore
un peu de travail, mais ça sera bientôt tout propre,
là-haut. »

Le curé était pressé de connaître la suite. Il se
racla la gorge pour signifier son impatience.

« Après l'affaire de l'œil crevé, reprit Juliette,
maman a fait une fixette sur une bague, qu'elle
demandait à Fuchs de lui rendre. Elle a même
passé des journées entières dans son lit, à la pleurer. C'est pour ça qu'elle a attrapé un cancer, j'en
suis sûre, pour cette bague de rien du tout, avec
un rubis dessus, que mon père avait empruntée,
un jour, au début de leur mariage, en lui promet-

tant de la rendre, et qu'il portait, depuis, au petit doigt. »

Elle termina la bouteille, en fermant les yeux, s'essuya les lèvres avec sa manche de chemise et poursuivit d'une voix que le vin rendait grasseyante :

« Maman tenait beaucoup à cette bague, sentimentalement. C'était un cadeau de son premier amour. Le plus grand, qu'elle disait. La veille de sa mort, elle m'a fait jurer de récupérer la bague. Faut avouer que j'ai oublié, après. J'avais tellement d'autres chats à fouetter, vous comprenez. Ma carrière. Ma ligne. Mes hommes. Mon contour des yeux. Les années ont passé. Il a fallu ma dépression pour que je me rappelle ma promesse. C'est pourquoi je suis venue ici, en convalescence. Pour reprendre la bague et la porter moi-même, comme ma mère le voulait. J'ai croisé Fuchs plusieurs fois, après mon arrivée. Chez le boulanger, ou à la poste. Il ne m'a pas reconnue, vous pensez bien ! Y a que les hommes pour ne pas se souvenir des femmes qu'ils ont touchées, même quand ce sont leurs filles. J'osais pas l'aborder toute seule, pour lui demander la bague. »

Le curé ouvrit la bouche en fronçant les sourcils, avant de laisser tomber, en regardant la main gauche de Juliette :

« Cette bague dont vous parlez, est-ce celle que vous portez maintenant ?

— Oui. Je ne suis pas très bijoux, mais je la mets pour ma mère. Pour qu'elle soit contente, dans son ciel. »

Elle pointa son poing fermé en direction du curé pour lui montrer la bague.

« Elle est très belle, observa-t-il. Très simple et très belle.

— Dire que Fuchs l'a portée pendant près de vingt ans. Parfois, ça me fait froid dans le dos, je vous jure. »

L'abbé Rikonovski chercha son regard un moment et, quand il l'eut enfin accroché, lui demanda, sur un ton de compassion :

« Y a quelque chose que je ne comprends pas. Pourquoi ne vous appelez-vous pas Fuchs, comme votre père ?

— Parce que je me suis mariée dès que j'ai pu : à dix-huit ans, pour pouvoir changer de nom. Mon mari était une erreur, un type extrêmement ennuyeux, que j'ai quitté au bout de trois semaines, mais au moins il ne s'appelait pas Fuchs, vous comprenez ? Maintenant, je n'ai plus qu'un rêve. M'appeler Belmou, comme Moham-med. »

Elle se dandina sur son popotin jusque tout contre le muet, posa la main sur son genou et roula sa tête dans le creux de ses épaules.

Après un silence, l'abbé Rikonovski finit par demander :

« Et alors ? Comment ça s'est passé, la mort de Fuchs ? »

Elle regarda sa montre et se leva d'un trait :

« Il faut que j'aille préparer le manger, maintenant. De la perdrix, tuée de ce matin. Vous aimez ça, j'espère. Je vous raconterai la suite tout à l'heure, quand je l'aurai mise à cuire. »

*

« Il pleut », marmonna le vieil homme sur son lit, les deux mains sur le ventre.

« Il fait très beau », objecta Mme Brachu, la femme de ménage, qui le bordait.

« Non, il pleut dans ma tête et ça me fait du bien. Avant, il y avait trop de lumière et je n'y voyais plus rien. »

CHAPITRE XIV

La perdrix bartavelle se mit soudain à chanter. Une espèce de chuintement d'amour, sur fond de grésillement, qui s'emballait chaque fois que Juliette Benichou versait de l'huile dessus, pour la plus grande joie des flammes autour.

Juliette avait attendu que la perdrix fût sur le feu pour commencer son récit, d'une voix plus grave que d'ordinaire, en tournant la broche :

« J'avais demandé à Mohammed de m'accompagner chez Fuchs parce que j'aurais eu trop peur toute seule. Il est venu avec un fusil, de son propre chef, et, pour être honnête, je ne lui ai pas donné tort. Avec ce genre de type, il valait mieux avoir un fusil, pour discuter. Surtout quand on connaissait son chien. Vous le connaissiez ? »

L'abbé Rikonovski hocha la tête :

« Tout le monde le connaissait.

— Quand il nous a ouvert la porte, le chien n'était pas là. Fuchs avait un regard larmoyant et j'ai tout de suite pensé que ça n'était pas à cause du fusil pointé sur lui. Je lis très bien dans les yeux, vous savez. Les siens disaient quelque chose du genre : "Vous n'avez pas vu mon chien ?" Pour en avoir le cœur net, je lui ai demandé des nouvelles de son clebs et il m'a répondu qu'il ne l'avait pas vu depuis trois jours. Mohammed restait quand même sur ses gardes. C'était peut-être un piège. D'ici à ce que le chien déboule d'une autre pièce… Il a fermé toutes les portes du salon et s'est assis à côté de Fuchs, sur le divan, sans arrêter de le viser, le doigt sur la détente. »

Elle enfonça un doigt dans sa bouche pour y chercher quelque chose qu'elle ne trouva pas, et poursuivit en contemplant son doigt bredouille avec un air malheureux :

« Je lui ai annoncé que j'étais sa fille et il m'a regardée bizarrement, Fuchs, avant de se lever en disant, tout mielleux : "Oh ! ben ça, alors ! Je ne t'avais pas reconnue ! Ma petite Juliette !" Il serait venu m'embrasser et me demander pardon si Mohammed ne l'avait pas fait se rasseoir à coups de pied dans les tibias. Il y est allé un peu fort, je le reconnais, mais enfin, il fallait remettre Fuchs à sa place, vous comprenez. Il ne faisait plus le malin, maintenant. Quand je lui ai reproché de ne s'être jamais occupé de moi, il a commencé à geindre en se tortillant sur le divan, comme s'il avait la colique : "J'ai pas été bien avec toi, j'ai même été dégueulasse, mais j'avais des excuses, faut que tu saches. D'abord, c'est pas moi, ton père, même si je t'ai reconnue à la mairie. J'ai rencontré ta mère cinq semaines avant qu'elle accouche, tu peux vérifier. Ce furent cinq semaines de pur bonheur. Ç'a toujours été mon péché mignon, la femme enceinte. À cause du ventre et puis de toute la vie dedans. Ça m'excite affreusement. Ce qui a pourri notre relation, à ta mère et à moi, c'est justement qu'après toi elle n'est plus jamais tombée en cloque. Soi-disant qu'elle n'ovulait plus…" »

Après un petit silence, le curé demanda, sur un ton détaché :

« C'est Fuchs qui a donné des noisettes à l'écureuil ?

— Oui », répondit Juliette, l'air étonné par la question.

Elle haussa les sourcils :

« Comment vous savez ça ?

— Autour du cadavre, y avait partout des coques cassées, à ce qu'il paraît.

— À un moment donné, l'écureuil de Mohammed est sorti de sa musette et Fuchs a cherché à
copiner avec, en lui donnant les noisettes qui se
trouvaient dans une corbeille, sur la table basse. »

Elle s'arrêta d'un coup, détourna les yeux,
observa les spasmes d'amour qui secouaient la perdrix, sur sa broche, et respira profondément la joie
dans l'air en souriant au muet qui venait.

*

Le vieil homme ne bougeait plus. Il n'entendait
rien. Il respirait à peine. Mais il avait les yeux
pleins d'un mélange de bonheur et d'infini.
C'était à peu près ce qui restait de vif en lui. Après
s'être rempli de vide, il avait fini par se dissoudre
dans la mère de la multitude. Sous les draps, son
corps semblait tout seul, abandonné, comme un
ramas de bois mort. Sa vie était partout, désormais.

« Il faut vous réveiller, hurla Mme Brachu en le
secouant par les bras. Vous ne pouvez pas mourir
maintenant ! Vous n'allez pas me faire ça ! Vous
n'avez pas le droit ! »

Il sourit et elle sanglota.

*

Juliette Benichou se jeta dans les bras du muet où elle pleura à petites larmes, tandis que l'abbé Rikonovski prenait le relais, à la broche, sans plus quitter des yeux la perdrix qui se trémoussait sur son feu, en poussant d'adorables gémissements.

« Faut que je termine mon histoire », finit par dire Juliette en se dégageant doucement des bras de Mohammed.

Elle essuya ses larmes, s'accroupit près du feu et continua, sous le regard amoureux du muet, debout :

« Ce qui est arrivé après, Fuchs l'a vraiment cherché. Quand je lui ai demandé qui était mon père, il a répondu en se marrant qu'il valait mieux que je ne le sache pas, mais qu'il me donnerait peut-être son nom si nous partions tout de suite, Mohammed et moi. Il avait retrouvé sa morgue. Fallait voir son sourire quand je lui ai dit que je voulais récupérer la bague de maman. Après avoir regardé ses mains, il a fait : "Tu rigoles ou quoi ? J'ai tellement grossi qu'il faudrait me couper le petit doigt pour la récupérer. Vous n'allez quand même pas me couper le petit doigt !" Il s'est rapproché de Mohammed comme s'il voulait lui permettre de vérifier, et a fait un geste dans sa direction. Sauf que Mohammed a été plus rapide. Il a tiré avant de recevoir le coup de poing. Deux fois de suite. »

Le muet opina du bonnet, en poussant un soupir plaintif.

« Fuchs s'est tordu par terre, poursuivit Juliette, il a eu quelques sursauts, et puis plus rien. Ça s'est passé comme ça. On était bien embêtés. On n'avait jamais pensé que ça finirait de cette façon. Mohammed a coupé le petit doigt de Fuchs avec son couteau et en a retiré la bague, que j'ai enfilée tout de suite. Mais on s'est dit que ça risquait de mettre la puce à l'oreille, ce doigt coupé, et qu'il valait mieux trancher la main, pour embrouiller la police. Après, on a récupéré l'écureuil qui s'était caché au-dessus d'une armoire, à cause des coups de fusil. On a mis le feu à la villa et on a jeté la main dans le puits avec le couteau à pain qui avait servi à la couper. »

Un silence dégringola du ciel. Juliette se leva et se réfugia de nouveau dans les bras du muet, mais sans pleurer cette fois.

*

L'agonie, ça sent souvent très fort. Un mélange d'acide, de chagrin et de réglisse. Quand ils entrèrent dans la chambre du vieux berger, c'est l'odeur qui leur sauta à la gorge, bien que Mme Brachu eût laissé la fenêtre entrouverte.

Les mouches aiment la mort, mais pas l'agonie quand le corps, tendu comme un arc, continue de livrer bataille, en suant la haine, et d'autres choses de ce genre. Elles repartirent, comme effarées, sitôt entrées : elles ne supportaient plus les émanations de Marcel Parpaillon.

Depuis leur retour de la patantare, c'était la seconde fois que le curé venait lui rendre visite, mais cette fois avec Juliette et Mohammed. Entre-temps, il avait passé plusieurs coups de fil, pour faire le point.

« C'est eux qui ont tué Fuchs », dit l'abbé Riko-novski en montrant Juliette et Mohammed au vieil homme qui gardait les yeux fermés, sous des sourcils froncés.

Un œil s'entrouvrit.

« Oui, c'est eux, reprit le curé en refaisant son geste. Rafic a été mis hors de cause. Il avait un alibi en béton, que le juge a fini par vérifier : la nuit du crime, il était à Toulon, où il fêtait l'anniversaire de sa mère chez qui il a dormi, après. Il a été relâché ce matin. »

Le vieil homme avait les deux yeux ouverts, maintenant.

« Le juge avait convoqué Mohammed, continua le curé, mais c'était rapport à Rafic, pour vérifier son alibi. Maintenant que Rafic est innocenté, il ne veut plus le voir. J'ai pensé que ça n'était pas la peine d'insister. On se fiche pas mal de savoir qui a tué Fuchs, finalement. Qu'en pensez-vous ?

— Puisque vous le dites. »

Marcel Parpaillon avait un grand sourire aux lèvres et ça lui faisait mal aux commissures, qui tremblaient.

« J'ai une autre bonne nouvelle, reprit le curé. Juliette et Mohammed ont décidé de se marier. Dans deux mois, quand il aura la majorité. Il faudra que vous soyez de la fête…

— On y compte bien, renchérit Juliette.

— J'essaierai, mais je crois pas… »

Il tendit le bras pour prendre la main de Juliette qui la lui offrit avec une certaine emphase, les yeux mi-clos. Il fixa la bague au rubis, sur l'annulaire.

« Mais c'est la bague de ma femme, on dirait.

— C'est celle de ma mère, objecta Juliette.

— De ma femme, insista le vieil homme. Elle l'avait léguée à mon fils, pour l'épouse qu'il n'a jamais eue.

201

— Ma mère l'a reçue du seul homme qu'elle ait jamais aimé. »

Le vieil homme plissa les yeux, remua les jambes, puis laissa tomber :

« C'était mon fils, cet homme. Patrick.

— C'était mon père, je crois. »

Un rire nerveux éclata dans la bouche du curé, qui posa sa main dessus, pour l'étouffer, avant de souffler, sur un ton moqueur :

« Mais qu'est-ce que vous êtes en train de nous jouer tous les deux. On nage dans l'eau de rose, saperlotte ! »

Marcel Parpaillon rit à son tour, d'un rire épuisé, qui resta pris dans sa glotte :

« Voilà au moins une histoire qui se termine bien. Vous devriez être content, monsieur le curé. »

Juliette Benichou ne demanda pas au vieil homme pourquoi il avait tardé à repérer la bague au rubis, sur son annulaire. Souvent les gens ne voient pas les choses, quand elles leur crèvent les yeux. Elle resta longtemps à parler, en lui tenant la main. Elle lui raconta sa vie en boucle et répéta, trois ou quatre fois de suite, ce que Fuchs lui aurait dit, la nuit de sa mort : qu'elle était la fille de l'homme qui avait donné la bague à sa mère, un gars du Mercantour dont il ne se rappelait plus le nom.

La voix de Juliette sonnait faux, chaque fois qu'elle le disait, mais les dates collaient bien. Juliette était née en 1969, et c'est cette année-là que son fils avait rompu avec la petite Navarro. Sabine Navarro. Une jolie jeune fille, grande et blonde, avec des yeux verts, qui gardait tout le temps les lèvres entrouvertes, comme si elle suçait l'air. Ils s'étaient disputés, Dieu sait pourquoi, et avaient cessé, du jour au lendemain, de se voir.

Elle partit pour Marseille et, d'après Juliette, se refusa à retourner dans le Mercantour afin de retrouver son aimé quand elle découvrit qu'elle était enceinte. Il n'y a que les femmes pour s'enfermer, à ce point, dans le malheur, par orgueil.

Le vieil homme ne demanda pas à Juliette si le nom de famille de sa mère était Navarro. Il avait trop peur que ce ne fût le cas. Surtout après qu'elle lui eut annoncé, avec un sourire plein, au-dessus d'un léger rengorgement, le même sourire que la Joconde :

« Je crois que je vais avoir un enfant. »

Elle roula de grands yeux, comme si ça l'étonnait elle-même :

« Je n'ai pas encore fait le test de grossesse, mais je sais quand c'est arrivé. Le moment précis. À cause d'une lumière qui m'est apparue, tout d'un coup. Elle m'inonde encore. Depuis, je ne me suis jamais sentie aussi heureuse. »

Le vieil homme sourit aussi, mais pas longtemps, à cause des douleurs aux commissures. La vie continuait. Elle continuerait toujours, car rien ne meurt jamais ici-bas, pas même le souffle des agonisants dans l'air vicié des chambres.

*

À midi, le vieux berger décida de refaire son testament. Il n'avait pas d'héritier, mais au lieu de tout donner à la lutte contre le cancer, comme sur le précédent, il légua tous ses biens à Juliette et Mohammed VI.

C'est le curé qui tint la plume. Quand il eut signé son nouveau testament, Marcel Parpaillon réclama un verre d'eau et, après en avoir bu quelques gorgées, déclara que son heure était venue :

« Je ne vais pas me plaindre. J'ai mangé tous les jours, sauf quand j'étais malade. J'ai pas mal bu, surtout après la mort de ma femme. J'ai vu plusieurs films qui m'ont plu, même si je ne m'en souviens plus. J'ai bien profité, finalement. »

Ça ne lui faisait pas plus que ça, de crever. Il connaissait la vérité du monde : on naît pour mourir et on meurt pour revivre, puisque l'être et le néant s'engendrent l'un l'autre, en copulant tout le temps, dans les siècles des siècles. Il n'y a pas de vie, il n'y a pas de mort, il n'y a que des métamorphoses.

Le soir n'était pas encore tombé quand un infini monta en lui, tout d'un coup, et l'emporta jusque là où le ciel est né. Il partit les yeux écarquillés, comme s'il regardait sa propre mort.

Le muet les referma longtemps après, quand il fut certain qu'il ne reviendrait plus.

CHAPITRE XV

Aux enterrements, l'esprit des morts peut remplir toute une église et même une cathédrale. Il est partout, dans la froideur de l'air. C'est pourquoi on a tant de mal à respirer. Surtout quand on chiale, en plus.

L'abbé Rikonovski s'y entendait, pour faire pleurer les fidèles. On peut dire qu'il se surpassa, avec son oraison funèbre pour Marcel Parpaillon. Les dalles de l'église suintent encore des larmes qui s'écoulèrent dessus, ce jour-là, pour le plus grand bonheur des corpuscules qui vivent là.

« Jésus, commença le curé, sur un ton pleurard, s'était présenté à nous comme le bon berger, celui qui donne la vie aux brebis et ne s'enfuit pas à la vue du loup. Marcel, vous étiez ce berger. Nous avons tous besoin de bergers comme vous, qui n'ont peur de rien, mais il faudra, désormais, apprendre à vivre sans. Quand le Christ est né, c'est aux bergers que les anges ont annoncé la nouvelle. Ce sont eux qui la répandirent ensuite, après avoir rendu grâces au divin enfant, emmailloté dans sa mangeoire. Imaginez ce qui se passerait s'il prenait l'idée à Jésus de renaître aujourd'hui parmi nous. Il n'y aurait plus personne pour nous prévenir. Je ne vous demande pas de revenir, Marcel, non, mon habit me l'interdit, mais je n'en pense pas moins… »

Secouée de spasmes, la glotte ecclésiastique se bloqua, soudain : ça déclencha dans l'assistance une houle de sanglots, de mouchages et de reniflements.

*

Après la messe, alors que l'abbé Rikonovski s'apprêtait à monter dans sa voiture pour aller au cimetière, à moins d'un kilomètre de là, Archibald Davenport s'approcha, le regard embué :

« Vous avez bien parlé. Merci. »

Puis, l'air conspirateur :

« J'ai oublié de vous dire un truc, l'autre jour. Vous pouvez m'emmener ? »

La voiture venait de démarrer quand Archibald Davenport laissa tomber, très vite, sans reprendre sa respiration :

« Bon, alors voilà. Je vous la fais court. C'est Titus qui a tué Patrick Parpaillon et c'est moi qui ai tué Titus. »

Après les nouvelles de ce genre, il y a toujours un silence, mais celui-là s'éternisa, comme si le curé n'avait pas envie d'en savoir davantage. C'était juste une ruse, pour faire parler l'écrivain.

« De temps en temps, finit par dire Archibald Davenport, j'allais rendre visite à Patrick Parpaillon. C'était un gars très évolué. Il avait vécu en Amérique, ça nous faisait un sujet de conversation, et puis nos chiens s'entendaient bien. Ce jour-là, je descendais le chemin des Hautes-Cougourdes quand je suis tombé sur Titus. Il s'est mis à gronder, l'air énervé, pendant que son maître se marrait, derrière lui. J'ai tout de suite pris mon chien dans mes bras. Je le fais souvent, c'est mon réflexe, quand il y a du danger, et Titus en avait après lui, ça sautait aux yeux. J'ai demandé à Fuchs de nous laisser passer. Il m'a répondu qu'il allait réfléchir. Alors, j'ai haussé le ton. C'est comme ça que le fils Parpaillon a été alerté. Quand il est arrivé, il s'est dirigé vers Fuchs, en gueulant : "Vous n'êtes pas chez vous, ici. Foutez le camp !" Il a dû avoir un geste qu'il ne fallait pas. Titus s'est jeté sur lui et l'a fait tomber en arrière. Vous connaissez la suite. Il n'a pas souffert, il est mort sur le coup. Pourquoi j'ai rien dit ? J'ai jamais été très à l'aise avec la police. J'ai un casier judiciaire, vous savez. Des histoires de drogue, de la douce, pas de la dure, mais ça fait quand même tache, surtout quand on est étranger. Je ne tenais pas à ce qu'elles refassent surface. Ensuite, le pli était pris : quand vous ne dites rien le premier jour, vous ne parlerez plus jamais. Mais ce genre de silence, c'est comme les mensonges. On a du mal à vivre avec. J'avais mauvaise conscience. C'est pour ça que j'ai tué Titus à la carabine, quelques jours après, quand il faisait sa tournée du matin. Voyez, je suis en train de devenir un Français comme les autres. Lâche, mais pas trop… »

L'abbé Rikonovski ralentit, après avoir posé sa main sur le bras d'Archibald Davenport :

« Vous n'êtes pas assez catholique pour que je vous propose l'absolution. Je crois qu'un petit coup conviendrait mieux, pour noyer tout ça. Qu'en dites-vous ? »

Il y avait une bouteille de whisky sous son siège. Le curé la récupéra, et roula si lentement qu'ils purent en siffler les trois quarts avant d'arriver, pompettes, au cimetière.

*

Un petit vent bondissait entre les arbres et les tombes. Il était plein de papillons. Ça faisait des taches de sang, de beurre ou de ciel bleu un peu partout dans l'air.

Vincent Sauvagnolle avait la phobie des papillons. Toujours à caresser les fleurs et à se vautrer dedans, pour les sucer, ils ne pensent qu'à forniquer. Ça lui donnait des suées. Parfois, des nausées.

C'est pourquoi le maire ne fut pas très à l'aise quand il improvisa un discours, perché sur ses talonnettes, lors de la mise en terre. À l'en croire, Marcel Parpaillon avait été l'un des grands hommes de la région. Un père. Une conscience. Il fallait continuer l'œuvre du « dernier des bergers », comme il l'appela.

La municipalité, annonça-t-il, avait décidé de racheter la moitié de la ferme à Juliette et au muet, afin qu'ils puissent payer les droits de succession. Pour faire vivre leur petit coin du Mercantour, Vincent Sauvagnolle avait trouvé la solution. Un concept nouveau et intéressant : « Le musée du berger ».

*

En sortant du cimetière, Archibald Davenport tenta d'approcher Juliette Benichou :

« Excusez-moi. Il faut que je vous dise… »

Elle détourna la tête. Archibald Davenport se rabattit sur le curé, qui marchait tout seul, à l'arrière, en respirant très fort, pour dessoûler :

« Dites-lui, à la demoiselle, comme il l'adorait, le fils Parpaillon. Il a tout de suite su qui elle était. Mais il avait peur de lui parler. Il se promettait toujours de le faire le lendemain. C'est comme ça qu'on emporte dans la tombe des tas de vérités qu'on n'a pas osé partager. »

*

Aujourd'hui, avec plusieurs milliers de visiteurs chaque année, le « musée du berger » est devenu l'une des attractions touristiques de la Haute-Provence. Le troupeau ne compte plus que deux cents moutons, pour éviter les nuisances, quelques chèvres de Rove, Origène, un couple d'ânes et leur petit.

Les touristes y apprennent tout sur la tonte, les sonnailles, les chiens, les fromages de brebis et les traditions des bergers. Ils peuvent s'y procurer aussi toute la gamme des produits Provençolle. C'est une des réalisations qui a mis Vincent Sauvagnolle en selle pour la députation, qu'il décrochera sûrement aux prochaines élections.

La mairie n'a pas mégoté sur les moyens. Juliette et Mohammed Belmou, les patrons du musée, sont assistés de Rafic pour la billetterie, de Franky pour la cafétéria et de RTT pour les bêtes. Ils ont une voiture et un logement de fonction.

Même s'il se dit, dans le village, qu'elle fricote avec Rafic, ils semblent très heureux ensemble. Ils se sont mariés et ont un enfant, Paul-Moustapha, né neuf mois après la mort de Marcel Parpaillon, qui a la même expression rigolarde que son arrière-grand-père.

*

Il ne mourra jamais, le vieil homme. Il est encore partout, pas seulement dans le sourire de Paul-Moustapha, mais aussi sous les roches, dans les ruisseaux, jusqu'au fond du lac d'Allos où les ombles chevaliers l'aspirent et l'expirent en continuant à l'écouter, car il leur parle toujours, mais de Dieu sait où, en leur passant au travers.

Marcel Parpaillon a rejoint le mouvement perpétuel qui va et vient, en emportant tout, un jour ou l'autre, dans ses ténèbres vivantes. Il est l'eau, le feu, l'air qu'on respire, le sommeil des siens, ou le bonheur qui danse dans leurs yeux. Il est les étoiles aussi.

Nous sommes tous des poussières d'étoiles. On prend toutes sortes de formes, des airs importants et des chemins variés, mais on reste un petit tas d'acides aminés qui pantelle dans l'infini. Parfois, une lueur qui clignote, longtemps après que la flamme a été soufflée.

Quand elle ne s'éteint jamais, c'est un berger, souvent.

DU MÊME AUTEUR

Aux Éditions Gallimard

L'ABATTEUR, roman, La Noire, 2003.

MORT D'UN BERGER, roman, 2002 (Folio n° 3978).

LE VIEIL HOMME ET LA MORT, 1996 (Folio n° 2972).

Chez d'autres éditeurs

LE SIEUR DIEU, roman, Grasset, 1998.

FRANÇOIS MITTERRAND, UNE VIE, biographie, Éditions du Seuil, 1996.

LA SOUILLE, roman, Grasset, 1995 (Prix Interallié).

LA FIN D'UNE ÉPOQUE, Fayard-Le Seuil, 1993.

L'AFFREUX, roman, Grasset, 1992 (Grand Prix du roman de l'Académie française).

LE PRÉSIDENT, biographie, Éditions du Seuil, 1990.

JACQUES CHIRAC, biographie, Éditions du Seuil, 1987.

MONSIEUR ADRIEN, roman, Éditions du Seuil, 1982.

FRANÇOIS MITTERRAND OU LA TENTATION DE L'HISTOIRE, biographie, Éditions du Seuil, 1977 (Prix Aujourd'hui).

COLLECTION FOLIO

Composition Imprimerie Floch.
Impression Novoprint
à Barcelone, le 16 décembre 2003.
Dépôt légal : décembre 2003.

ISBN 2-07-031297-6 / Imprimé en Espagne.

126713